Caroline Messingfeld

Pfote fürs Leben.

(K)ein Liebes-Roman

Bibliografische Information der Deutschen Nationalbibliothek: Die Deutsche Nationalbibliothek verzeichnet diese Publikation in der Deutschen Nationalbibliografie; detaillierte bibliografische Daten sind im Internet über http://dnb.dnb.de abrufbar.

Herstellung und Verlag: BoD – Books on Demand, Norderstedt

ISBN: 9783751906753

Zum Buch:

Männer? Nein, danke!

Nach einer unglücklichen Beziehung will Joline von Liebe nichts mehr wissen. Für sie zählt nur noch Snowbell, ihr schneeweißer Perserkater, der aus seinem Katzenkörbchen mitten in ihr Herz getapst ist. Bis Ben, ein attraktiver Bad Boy und selbstbewusster Harley Davidson Fahrer, ins Nachbarhaus zieht und ihr ruhiges Leben durcheinanderwirbelt.

Leider scheinen sie nichts gemeinsam zu haben – oder doch? Kann Snowbell Amor spielen und seinem liebsten Menschen helfen, die Pfote fürs Leben zu finden?

Eine humorvolle Liebesgeschichte mit einem zauberhaften Kater zum Verlieben, nicht nur für alle Katzen-Freunde!

Zur Autorin

Caroline Messingfeld schreibt freche Liebesromane und romantische Komödien für alle Frauen, die auf der Suche nach dem großen oder kleinen Glück in ihrem Leben sind.

5

Diese Geschichte ist frei erfunden. Alle Namen, handelnde Personen und Begebenheiten entspringen meiner blühenden Phantasie, wobei ich fairerweise zugeben muss, dass mich der sexiest Biker alive inspiriert hat. He should not be named. Er weiß genau, dass ich ihm von der ersten Sekunde an verfallen bin.

Für Bluebell und Snowbell, die besten Katzen auf der Welt. Ein Leben ohne Tiere ist möglich, aber sinnlos.

Personen

in alphabetischer Reihenfolge):

Benjamin Breitenbach verbirgt hinter seiner harten Schale einen weichen Kern

Bluebell tanzt allen auf der Nase herum

Melissa Borgmann nimmt kein Blatt vor den Mund

Joline Degenhardt, genannt Nelly, steht sich manchmal selbst im Weg

Anja Herzog wirbelt Staub auf

Jana Henke sieht das Leben von der positiven Seite

Lydia Möller hütet ein dunkles Geheimnis

Snowbell ist ein abenteuerlustiger kleiner Kater, der die Welt erobert

Wilhelm Wiegand will das Rad der Zeit zurückdrehen

Inhalt:

1. Kapitel:

✔ Liebe auf den ersten Blick ✔

Ich glaube nicht an die Liebe auf den ersten Blick. Eher auf den zweiten oder dritten. Schließlich bin ich realistisch und stehe mit allen vier Pfoten im Leben. Trotzdem muss ich zugeben, dass ich Joline in dem Moment verfallen bin, als sie sich zu mir beugte, mir sanft über mein Köpfchen strich und ganz leise in mein Ohr flüsterte: »Möchtest du mein kleiner Junge sein?«

Ich öffnete langsam meine Augen, fixierte sie nachdenklich und schaute bis auf den Grund ihrer menschlichen Seele. Dann wusste ich alles, was ein kleiner Kater von seinem zukünftigen Frauchen wissen musste. Ich schnurrte zustimmend und leckte zärtlich über ihre schlanken Hände. Sie konnte ein glückliches Kichern nicht unterdrücken. »Hihi, das kitzelt.«

Der Abschied von meiner Katzenmama und meinen Geschwistern fiel mir schwer. Mit drei Monaten muss man zeigen, dass man auf seinen eigenen Tatzen stehen kann. Auch meine Brüder und Schwestern würden in wenigen Tagen die große weite Welt erobern. Viele fremde Menschen waren in den letzten Tagen in unserer vertrauten Wohnung in Köln ein- und ausgegangen und hatten sich für ein Katzenkind entschieden. Mein Herz klopfte vor Aufregung, als mein neues Frauchen und ich zu unserem gemeinsamen Zuhause fuhren. Was würde mich erwarten?

Ich hatte das große Los gezogen. Das war mir schlagartig klar geworden, als das Auto vor einer grau geklinkerten Doppelhaushälfte angehalten hatte. Mit leuchtenden Augen stellte mein Frauchen mir meine neue Heimat vor: »Herzlich willkommen in der Villa Katzenglück in der wunderschönen Stadt Lünen.«
Die geographische Bezeichnung sagte mir nichts. Lünen war ein kleiner

unbedeutender Fleck auf der Landkarte. Schließlich stammte meine Familie aus Köln am Rhein. Meine Katzenmama hatte mir von den vielen Sehenswürdigkeiten vorgeschwärmt, die unsere Heimatstadt zu einem beliebten Reiseziel in Europa machten. Vor allem die fünfte Kölner Jahreszeit hatte es ihr angetan. Von unserem gesicherten Balkon aus hatte sie farbenprächtige Karnevalsumzüge miterleben dürfen. Weiß gepuderte Prinzen und muntere Funkenmariechen hatten für Stimmung gesorgt, indem sie Kamelle in die jubelnde Menge geworfen hatten. Leider hatte meine Katzenmama keine Leckerlis erbeuten können, aber ihrer Begeisterung hatte es keinen Abbruch getan. Kölle Alaaf! Wie jedes Kitten hatte ich Bauklötze gestaunt und mir die wildesten Szenen ausgemalt. Konnte dieses Provinznest Lünen mit meinem Veedel mithalten?

Villa Katzenglück klang nicht schlecht. Deshalb beschloss ich, meinem neuen Zuhause eine faire Chance zu geben.

Mein Frauchen nahm meinen Kennel und schleppte ihn zur Haustür. Allmählich wurde ich unruhig. Meine Gefangenschaft hatte lange genug gedauert. Ich wollte endlich aus diesem Katzenknast heraus. Verlangend kratzte ich an den Gitterstäben und probierte ein schrilles Maunzen. Sofort steckte mein Frauchen ihren Finger durch die Stäbe der Transportbox und kraulte mich unter dem Kinn. »Alles gut, mein Liebster. Es dauert nicht mehr lange. Gleich darfst du wieder frei herumlaufen.«

Mit diesem Versprechen schleppte sie mich ins Wohnzimmer, das sich als ein lichtdurchfluteter Raum mit einem offenen Kamin entpuppte. Als sie mich aus meinem Kerker befreit hatte, atmete ich tief durch und schaute mich mit kugelrunden Augen um. Katzengerecht war diese Einrichtung nicht. Eher nach dem Geschmack einer verwöhnten jungen Frau, die noch keine Tiere mit scharfen Krallen in ihrem Hause beherbergt hatte. Das helle Parkett bildete einen schönen Gegensatz zu dem schwarzen Sofa, über das eine flauschige Kuscheldecke gebreitet war. Auf einem schweren Marmortisch stand eine kristallene Schale mit selbstgebackenen Keksen, die einen zarten Duft nach Schokolade verbreiteten. Auf dem weichen Teppich mit dem geometrischen Muster konnte man sich nach Herzenslust herumwälzen. Mit dem Fernseher konnte ich nichts anfangen, die Aussicht aus den bodentiefen Fenstern auf die gemütlich eingerichtete Terrasse war viel schöner! Leider war überall zerbrechliche Deko aufgebaut, um die ich lieber einen weiten Bogen machen sollte. Mein Blick fiel auf ein schwarzes Regal, das nicht nur mit einigen Büchern, sondern auch mit vielen Grünpflanzen in hübschen Übertöpfen bestückt worden war. Für mein Leben gern hätte ich das Grünzeug einer Kostprobe unterzogen. Doch man musste höllisch aufpassen, woran man seine Zähnchen wetzte, hatte mir meine kluge Katzenmama eingeschärft. Manche

Delikatessen konnte man nur ein einziges Mal in seinem Leben genießen. Deshalb sollte ich mich lieber an das praktische Katzengras halten, das mein neues Frauchen für mich erworben hatte.

Vorsichtig arbeitete ich mich von Raum zu Raum und nahm mein neues Revier in Besitz. Die Aufteilung der einzelnen Bereiche war etwas verwirrend. Das Wohnzimmer ging nahtlos in ein Esszimmer über. Von dort aus führte eine Tür in eine schmale Küche. Gleichzeitig gab es eine weitere Tür in den offenen Hausflur, wo ich eine Diele und – hurra! - eine Gäste-Toilette mit einem Katzenklo erspähte. Nach der langen Fahrt musste ich mich sofort erleichtern. Danach fühlte ich mich Manns genug, die Stufen in den ersten Stock zu erklimmen. Dort gab es ein Schlafzimmer und ein Gästezimmer, die jeweils über einen kleinen Balkon und ein eigenes Bad verfügten. Im Dachgeschoss war ein Arbeitszimmer vorhanden. Von den großen Gauben aus hatte ich einen Blick in den riesigen Garten werfen können. Ich war verwirrt. Außer meinem neuen Frauchen hatte ich keinen weiteren Menschen in diesem Haus gesehen. Ziemlich viel Platz für eine junge Frau und einen kleinen Kater.

Mein Frauchen konnte meine Gefühle nachvollziehen, nahm mich auf den Arm und drückte mich an sich. »Keine Angst, die Villa Katzenglück ist nicht so riesig, wie es auf den ersten Blick aussieht. In wenigen Tagen wirst du dich hier zu Hause fühlen. Jetzt musst du dich unbedingt stärken, mein kleiner Prinz.«

Angenehm überrascht, kuschelte ich mich vertrauensvoll in ihre Arme. Gemeinsam kehrten wir wieder in das Erdgeschoss zurück. In der Küche setzte sie mich auf den Fliesenboden, kramte in ihren Schränken und füllte meine Näpfe. Aufmerksam schnupperte ich an meinem Futter. Wie schön, mein Frauchen hatte sich an die Anweisungen meiner Züchterin gehalten und meine

18

Lieblingsdosen gekauft! Mit gesundem Appetit vertilgte ich eine ordentliche Portion. Dann war ich erschöpft. Mein Köpfchen hatte zu viele Eindrücke in zu kurzer Zeit aufnehmen müssen, die in aller Ruhe verarbeitet werden wollten. Deshalb kehrte ich in das Wohnzimmer zurück, das den Ausgangspunkt für meine Erkundungsreise durch die Villa Katzenglück gebildet hatte. In einer ruhigen Ecke stand ein nagelneuer deckenhoher Kratzbaum, von dem man eine perfekte Übersicht hatte. Zack! Mit einem geschickten Satz hatte ich ihn erklommen. Tretelnd machte ich es mir in der Hängematte gemütlich und fiel in einen tiefen traumlosen Schlaf.

Als ich wieder wach wurde, fühlte ich eine warme Hand auf meinem Rücken. Mein Frauchen hatte einen Ledersessel an den Kratzbaum gerückt und meinen Schlaf bewacht. Von Minute zu Minute gefiel sie mir besser. Joline war nicht nur sehr hübsch, sondern schien einen sehr guten Charakter zu besitzen. Jedenfalls war es offensichtlich, dass sie mich über alles liebte. Ich wollte mich dieser Liebe würdig erweisen und leckte dankbar über ihre Finger. Seit unserer ersten Begegnung fühlte ich mich für sie verantwortlich. Mein Frauchen war ein liebevoller warmherziger Mensch, und ich würde sie von nun an beschützen, wie es meine Pflicht als der Kater an ihrer Seite war.

2. Kapitel
🐾 Villa Katzenglück 🐾

An der Seite meines Frauchens nahm ich meinen Garten in Besitz. Wow. Dieses herrliche Revier gehörte mir? In der Nähe des Komposters hörte ich ein leises Rascheln: Spitzmäuschen. Jede Wette. Auf dem Kirschbaum hatten sich mehrere Drosseln versammelt und kreischten mich böse an. Die Elstern nahmen mich nicht für voll und zogen unbeeindruckt ihre Bahnen. Vor meiner Nase tanzten Schmetterlinge. Ich haschte mit den Pfoten, aber sie waren zu flink für mich. Auf unserem ersten Rundgang gab es so viel Neues zu entdecken. Als gut erzogener kleiner Kater schnupperte ich interessiert an jeder Pflanze, die mein Frauchen mir unterwegs vorstellte. Vor allem das dekorative Kräuterbeet hatte es mir angetan. Joline hatte sogar Katzenminze gepflanzt, die mich mit ihrem betörenden Duft umhaute. Mein Lieblingsplatz war die überdachte Terrasse. Dort stand eine gemütliche Bank mit selbst genähten Kissen, auf der ich neben meinem neuen Frauchen sitzen und die warmen Sonnenstrahlen genießen konnte. Himmelblau war genau die richtige Farbe für einen kleinen Jungen! Als wir wieder in die Villa Katzenglück zurückkehrten, war ich sehr stolz auf mein Frauchen. Joline konnte nicht nur mit ihren optischen Reizen punkten, nein, ihre inneren Werte überzeugten mich, dass ich die richtige Wahl getroffen hatte. Sie war ein liebenswerter Mensch, der mir ein wundervolles Zuhause schenken würde.

In den nächsten Stunden sprach ich pausenlos mit meinem Frauchen. Der Erfolg ließ noch zu wünschen übrig. Wahrscheinlich würde ich mir den Mund fusselig reden müssen, bis sie mich endlich verstehen würde. Abends sollte ich in meinem Katzenkörbchen im Wohnzimmer schlafen. Diesen Vorschlag hielt ich für eine ausgemachte Schnapsidee. Warum sollte ich mich freiwillig von meinem Frauchen trennen? Deshalb brüllte ich das ganze Haus zusammen, als Joline sich in ihr romantisch eingerichtetes Schlafzimmer zurückgezogen hatte. Mit meinem erbitterten Widerstand hatte sie nicht gerechnet. Eine halbe Stunde hielt sie tapfer durch, dann gab sie sich geschlagen und rief entnervt, als ich Atem schöpfen musste: »Du hast gewonnen, Belly. Sei still und komm ins Bett. Ich warte schon auf dich.«

Miau! Diese lieben Worte waren genau das, was ich hören wollte. So schnell mich meine Pfötchen trugen, raste ich

die Wendeltreppe in den ersten Stock hinauf, erklomm zielsicher das nostalgische Himmelbett und suchte mir ein schönes Plätzchen auf dem handgestrickten Merinowoll-Plaid. Vor dem Schlafengehen war ein Schmusestündchen mit meinem Frauchen angesagt. Zärtlich kuschelte ich mich in ihre Arme und raunte ihr liebe Worte ins Ohr. Als ob sie mir eine angemessene Antwort geben wollte, schnurrte sie leise zurück. Ach, diese Frau war perfekt. Ich war hingerissen. Sie war wie geschaffen für mich.

Mein Frauchen faszinierte mich. Als neugieriger kleiner Kater brachte ich bald mehr über sie in Erfahrung. Joline hatte ein starkes Mitteilungsbedürfnis und erzählte mir aus ihrem Leben. Nach dem Staatsexamen war sie als Lehrerin in einer nahegelegenen Grundschule eingestellt worden, wo sie die Fächer Deutsch, Mathematik und Englisch unterrichtete. Für kleine Kinder konnte ich mich nicht begeistern, aber die

Arbeitszeiten schienen sehr angenehm zu sein. Morgens verließ Joline für wenige Stunden das Haus, mittags war sie wieder zurück. Wenn ich ein ausgiebiges Schläfchen hielt, konnte ich die Stunden bis zu ihrer Rückkehr locker überbrücken und war fit und ausgeruht. Wenn Joline an ihrem Schreibtisch saß, um die nächsten Unterrichtsstunden zu planen, wich ich nicht von ihrer Seite und machte es mir auf dem Laserdrucker bequem. Joline schien sich über meine Gesellschaft zu freuen, denn wenn sie zu mir sah, huschte ein glückliches Lächeln über ihr hübsches Gesicht. Unsere Freizeit verbrachten wir im Garten. Als begeisterte Hobby-Gärtnerin hatte Joline Blumenzwiebeln in einem Gartencenter gekauft und buddelte hingebungsvoll in ihren Beeten, um für ihre Dahlien und Freesien den perfekten Standort zu finden. Als gut erzogener Kater folgte ich ihrem Beispiel, erntete aber nur ein missbilligendes Kopfschütteln. Dann nahm Joline ihre Harke und ebnete meine Löcher wieder

ein. Offensichtlich wusste sie meine Hilfe nicht zu schätzen. Dann eben nicht! Gutgelaunt machte ich es mir auf der Bank bequem und ließ mir die warme Sonne auf den Pelz brennen. Mein häusliches Umfeld gefiel mir ausnehmend gut. Mein Revier war überschaubar, zu allen Seiten von einem 1,20 Meter hohen Zaun begrenzt. Durch ein Tor konnte man über einen Schleichweg zum Seepark gelangen. Dort sollte es einen künstlich angelegten See mit einem weißen Sandstrand geben, wie mir mein Frauchen verraten hatte. Angeblich war er ein beliebtes Ausflugsziel für sonnenhungrige Menschen aus der näheren Umgebung, die dort Picknicks im Grünen veranstalteten. Es juckte mir in den Pfötchen, diese aufregende Gegend auf eigene Faust zu erkunden. Leider hatte mir mein Frauchen diese Extratour ausdrücklich untersagt. Aufgeschoben war nicht aufgehoben, tröstete ich mich. Wenn ich einmal ein großer starker Kater war …

Nach einigen Stunden schleppte sich mein Frauchen unter lautem Stöhnen ins Badezimmer, um sich ein heißes Bad einzulassen. Als pflichtbewusster Kater folgte ich ihr und schüttelte mich vor Entsetzen. Was Menschen an Wasser schätzten, würde mir immer schleierhaft bleiben. Genausowenig konnte ich verstehen, warum sie sich in ihrer Freizeit quälten und schmerzende Knochen in Kauf nahmen. Keine einzige Katze auf der Welt wäre so blöd gewesen. Unser Leben war Spiel. Während meiner Überlegungen schlüpfte mein Frauchen aus ihrer schmutzigen Kleidung und stieg in die Badewanne. Interessiert schnüffelte ich an ihrer Wäsche und beobachtete aus einem gewissen Sicherheitsabstand, wie sie auf einige Knöpfe drückte. Als ich ein lautes Blubbern hörte, zuckte ich zusammen. Erschrocken machte ich einen Satz zur Tür, während mein Frauchen mich auslachte. »Alles in Ordnung. Ich hab nur meinen Whirlpool eingeschaltet. Komm her, Feigling.«

26

Diese Beleidigung wollte ich nicht auf mir sitzen lassen. Vorsichtig pirschte ich mich näher an die Badewanne, sprang auf die Toilette und linste ins Wasser, das nach einem feinen Badezusatz duftete. Mein Frauchen nahm etwas Seifenschaum und pustete ihn in meine Richtung. Sofort machte ich mit der Pfote eine abwehrende Bewegung. Sie ließ mich nicht in Ruhe, sondern bespritzte mich mit Wasser. Genervt verdrehte ich die Augen und zog mich aus der Gefahrenzone auf den Wäschehaufen zurück. Warum konnte sie sich für dieses dämliche Spiel begeistern? Wenn ich sie nicht so lieben würde, könnte sie sich auf etwas gefasst machen.

3. Kapitel:

🐾 Haus der offenen Tür 🐾

Binnen einer Woche hatte ich festgestellt, dass meinem Frauchen jegliche Erfahrung im Umgang mit

anspruchsvollen, hochintelligenten Lebewesen, sprich: Vertretern der Gattung felidae, fehlte. Die entscheidenden Jahre ihres Lebens hatte sie an der Seite eines Pekinesen verbringen müssen, der zwar gewisse Ähnlichkeiten mit meiner Rasse im äußeren Erscheinungsbild nicht verleugnen, meinen Artgenossen ansonsten aber nicht im mindesten das Wasser reichen konnte. Aufgrund dieses Umstandes war sie so naiv zu glauben, dass sie mich genauso wie ihre langmähnige Plattnase erziehen könnte. Theoretisch hätte ich bestimmte Zimmer nicht betreten sollen. Faktisch übten geschlossene Räume eine magische Anziehungskraft auf mich aus. Meine spitzen Krallen kratzten ganz ohne meinen Willen an den Türen – ich schwör's.

Bereits in unserer ersten gemeinsamen Nacht unter einem Dach hatte ich einen entscheidenden Sieg verbuchen können. Durch eine schauspielerisch

28

hochklassige Darbietung war es mir gelungen, Joline davon zu überzeugen, dass es an Tierquälerei grenzte, ein armes verlassenes Katzenkind allein schlafen zu lassen. Von diesem Erfolg beflügelt, setzte ich meine Erkundungsreise fort. Ein wissbegieriger kleiner Kater sollte freien Zugang zu allen Räumlichkeiten haben. Schließlich musste ich mir ein genaues Bild von meinem Zuhause machen können.

Das Arbeitszimmer war ein großer heller Raum, der mir ausnehmend gut gefiel. Hingebungsvoll knabberte ich an dem Ficus benjamini meines Frauchens, der auf einem Beistelltisch thronte. Dann sprang ich auf den Schreibtisch, kippte eine Schale mit Buntstiften um, erbeutete einen Radiergummi und kickte ihn wie David Beckham durch das Zimmer. Mit meinen lustigen Einfällen lenkte ich Joline von ihrer Arbeit ab. Eigentlich hätte sie Klassenarbeiten korrigieren müssen, die sie in der nächsten Stunde zurückgeben wollte. Tatsächlich ließ sie ihren roten Stift sinken und schaute mir hingerissen zu, wie ich in ihrem Bücherschrank herumturnte und für kreatives Chaos sorgte.

Das absolute Highlight bildete das gemütliche Schlafzimmer, das ich zu meinem Reich erklärt hatte. Im nostalgischen Himmelbett meines Frauchens konnte ich himmlisch schlafen, und ihre deckenhohen Schwebetürenschränke führten mich täglich in Versuchung. Wenn Joline sich morgens ankleiden wollte, schlüpfte ich hinein und schnüffelte an allen Outfits. Der Geruch meines Frauchens war mir so vertraut geworden, dass ich ihre Kleidung und ihre Schuhe mit verbundenen Augen herausgefunden hätte. Mit dieser Darbietung hätte ich im Zirkus oder wenigstens in den öffentlich-rechtlichen Sendern auftreten können. Leider hatten die Programmgestalter im Fernsehen keinen

Sinn für anspruchsvolle Kunststücke und bevorzugten die telegenen sabbernden Dummköpfe, die Leberwurst vom Handrücken lecken konnten. Pfft. Der Untergang dieser geistlosen Sendungen konnte mich nicht wirklich überraschen, wenn sie auf Köter statt auf Katzen setzten.

Die Kommoden enthielten weitere Geheimnisse. Als mein Frauchen ihre frisch gewaschene Unterwäsche aus dem Wäschekorb nahm und in die vorgesehenen Fächer einsortieren wollte, ergriff ich die Gunst der Stunde und kletterte kurzentschlossen in die nächste Schublade, um der Sache auf den Grund zu gehen. Bums – wurde ich von einem merkwürdigen Gegenstand getroffen. Eine gut gepolsterte Schale hing wie eine Mütze über meinem Kopf, während die zweite locker neben mir schlackerte. Ich haschte mit den Pfoten nach den Trägern, während mein Frauchen kicherte, nach ihrem Handy griff und ein Erinnerungsfoto knipste. »Snowbell geht mir an die Wäsche! Das muss ich meinen Mädels erzählen!«

4. Kapitel:

♥ Mädelsabend ♥

»Mein Gott, ist er schön!«
Dieses Lob hörte ich gern. Natürlich wusste ich, dass man Katzen im alten Ägypten angebetet hatte. Damals hatten die Menschen Geschmack und Verstand bewiesen. Heutzutage konnte man daran zweifeln. Glücklicherweise schienen die zwei besten Freundinnen meines Frauchens vernünftige Lebewesen zu sein. Auf die Anrede »Mein Gott« legte ich keinen gesteigerten Wert, aber wenn sie mir ihren Respekt erweisen wollten, wollte ich mal nicht so sein. Mit einem majestätischen Satz sprang ich vom Ledersofa und lief unseren Besucherinnen mit erhobenem Schwanz entgegen, um mich unter dem Kinn kraulen zu lassen. Leider konnte sich die fremde Frau nicht beherrschen. Von meiner Schönheit hingerissen, nahm sie

mich auf den Arm, küsste mich auf die Nase und drückte mich an sich. Bäh! Das war zu viel Nähe!

Ich strampelte mit den Pfoten, um wieder festen Boden unter den Füßen zu bekommen. Leider war mein Fan nicht mehr zu bremsen. »Ich habe dir was Schönes mitgebracht!«, kreischte sie mir ins Ohr, ließ sich aufs Sofa fallen und wandte sich an eine gertenschlanke Frau, die ihre dunklen Haare zu einem festen Ballerina-Knoten gebändigt hatte: »Reich mir bitte meinen Shopper, Jana. Da sind Leckerlis für den Kleinen drin.«

Das klang gar nicht so schlecht. Ich ergab mich in mein Schicksal, machte es mir auf dem Schoß der selbstbewussten blonden Schönheit bequem und ließ mich bereitwillig füttern. Während mein Frauchen ihre Pflichten als Gastgeberin erfüllte und eine Flasche Prosecco öffnete, nahm Jana schmollend in einem schwarzen Ledersessel Platz, schlug ihre wohlgeformten langen Beine übereinander und maulte: »Du reißt dir alles unter den Nagel, Melissa. Wie in der Disco. Lass mich auch mal!«

»Nö.« Zärtlich drückte Melissa mich an ihr Herz und hauchte mir einen Kuss auf mein Näschen. »Snowbell ist mein Baby.«

Moment mal. Eine Adoption war nicht vorgesehen. In diesem Punkt hatte ich ein Wörtchen mitzureden. Entschlossen hopste ich von ihrem Schoß und versteckte mich hinter meinem Frauchen. Sicher war sicher. Schließlich konnte ich nicht ausschließen, dass die temperamentvolle alleinstehende Geisteskranke mich in ihren praktischen Shopper packen und aus der Villa Katzenglück entführen würde.

»Auf meine neue große Liebe.« Gutgelaunt hob Joline ihr Glas. »Prost!«

»Dein Traumtyp ist ziemlich klein, aber oho. Wo die Liebe so hinfällt …

Jana und Melissa ließen sich nicht lange bitten. Kichernd stießen sie mit meinem Frauchen auf unsere glückliche Zukunft an. »Prost, Nelly. Snowbell wird dir immer treu sein. Auf ein schönes Leben zu zweit.«

Nachdem Jana sich genügend Mut angetrunken hatte, startete sie einen Verführungsversuch. Sie machte sich an ihrer feinen Designer-Schultertasche zu schaffen und lockte mich mit einer süßen Stimme: »Schau mal, Kleiner, ich hab dir ein feines Bällchen zum Spielen gekauft.«

»Wenn du mich fragst, solltest du heiraten und Kinder bekommen. Du bist die geborene Mama.«, zwitscherte Melissa. »Dann kannst du deine mütterlichen Gefühle ausleben.«

»Das mach ich jeden Tag im Büro, Schätzchen.«, konterte Jana trocken. »Schließlich bin ich eine tüchtige Vorstandssekretärin und beschütze meinen vielbeschäftigten Chef.«

»Ich verstehe nicht, warum er dir noch keinen Antrag gemacht hat.« Kopfschüttelnd riss mein Frauchen eine Packung Pralinen auf und steckte sich ein Praliné in den Mund. »Seit fünf Jahren genießt ihr pures Glück zu zweit. Eure berufliche Verbindung hält viel länger als meine letzte Beziehung.«

Für einen kurzen Augenblick nahm ihr hübsches Gesichtchen einen traurigen Ausdruck an. Interessiert spitzte ich die Ohren. Von der Vergangenheit meines Frauchens wusste ich nicht allzu viel. Aufmunternd streichelte Melissa ihren Rücken. »Nelly, du hast alles richtig gemacht. Du hast von einer Hochzeit in Weiß geträumt – und dein Ex-Freund von anderen Frauen. Wenigstens hast du es rechtzeitig rausbekommen. Eine Scheidung wäre teuer geworden.«

»Nee. Ich bin ein Feigling. Ich hätte mir nicht alles bieten lassen, sondern ihm gehörig den Marsch blasen sollen.«

Betrübt zupfte Joline an ihrem Zopf. »Mit Männern bin ich durch, Meli. Eine böse Erfahrung in meinem Leben reicht mir. Kennste einen, willste keinen.«

Beruhigt atmete ich auf. Männer schienen im Leben meines Frauchens eine untergeordnete Rolle zu spielen. Jedenfalls hatte sich kein einziger Typ in meinem Revier breitgemacht. Aller Wahrscheinlichkeit nach würde sich in der nächsten Zeit nichts daran ändern. Das gefiel mir. Wenigstens musste ich mich nicht mit lästigen Rivalen herumschlagen, die gewisse Rechte geltend machen wollten. Joline gehörte mir. Der Platz in ihrem Bett war mir sicher. Juchhu!

»In dein Bett kannst du einen Kerl lassen, nur nicht mehr in dein Herz.«, entschied Melissa salomonisch. »Dein Verflossener war ein Kotzbrocken. Schlicht und ergreifend. Dafür war unsere Rache süß. Weißt du noch, wie wir seine schicke Penthouse-Wohnung in einer Nacht- und Nebel-Aktion ausgeräumt haben?«

»Oh ja.«, erinnerte sich mein Frauchen. »Das war eine coole Aktion. Als er spätabends von seiner Fortbildung zurückkam, war die Bude fast leer. Bis auf unser gemeinsames Bett, das ich ihm großmütig überlassen hatte.«

»Nicht ohne gewisse Hintergedanken.«, feixte Jana. »Schließlich hatten wir die Matratzen, die er mit fremden Frauen durchgevögelt hatte, einfach vom Balkon auf die Straße geworfen.«

»War ne weiche Landung für den miesen Drecksack. Am liebsten hätte ich ihn gepackt und über die Brüstung in die Tiefe gestürzt, weil er dir so weh getan hat …«

Mit funkelnden Augen nahm Melissa die Hand meines Frauchens und drückte sie aufmunternd. »Meiner Meinung nach hast du zur richtigen Zeit den Absprung gewagt, Nelly.«

»Weil meine verstorbene Patentante mich zu ihrer Universalerbin bestimmt und mir ihr gesamtes Vermögen hinterlassen hat.«, murmelte Joline leise. »Sonst hätte ich mir die Villa Katzenglück nicht leisten können.«

»Auf jeden Fall hast du das große Los gezogen.« Mit leuchtenden Augen ließ Melissa ihren Blick in den Garten schweifen. »Versteh mich nicht falsch, ich bin mit meinem Leben zufrieden. Trotzdem würde ich sofort meinen Koffer packen, mein Appartement in der

Innenstadt aufgeben und in ein Haus im Grünen ziehen. Die Villa Katzenglück ist wunderschön!«

»Du hast gar keinen grünen Daumen, Meli.« Jana zupfte eine unsichtbare Fluse von ihrem eleganten Business Kostüm. Allem Anschein nach schien sie viel Wert auf eine tadellose äußere Erscheinung zu legen. »Sei mir nicht böse, aber dein Balkon sieht trostlos aus.«

»Für mich lohnt es sich nicht, viel Zeit in die Pflege von Pflanzen zu investieren, weil ich als Expedientin in unserem Reisebüro ständig auf Achse bin.«, gab Melissa unbekümmort zu. Nachdenklich ließ ich meinen Blick auf ihr ruhen. In ihrem farbenfrohen Maxi-Kleid, das ihre Knöchel umspielte, machte sie einen entspannten Eindruck auf mich. Ihre Frisur war sehr lässig; sie ließ ihre wilden Locken ungebändigt über ihre Schultern fallen. Irgendwie wirkte sie nahbarer auf mich als ihre durchgestylte Freundin, die mich mit ihrer Perfektion einschüchterte. »Meine nächste offizielle Reise wird nach Namibia gehen. Ist das nicht geil?«

»Wow!«, hauchte mein Frauchen. »Der Etosha-Nationalpark soll herrlich sein. Das Land der wilden Tiere möchte ich für mein Leben gern kennenlernen.«

»Ach, du hast dir ja schon eine eigene Raubkatze zugelegt.« Verschwörerisch zwinkerte Melissa mir zu, und ich konnte mir ein Grinsen nicht verkneifen. »Weiße Tiger sind selten. Snowbell sieht mordsgefährlich aus!«

»Wenn du Karriere machen willst, kann ein eigenes Haus noch warten.«, zog Jana ihr persönliches Fazit. »Nutze lieber die Zeit, um die große weite Welt zu entdecken. Vergiss bitte nicht, uns viele bunte Fotos via Whats App zu schicken, wenn du wieder unterwegs bist.«

»Na klar!«, lachte Melissa vergnügt. »Nach meiner Rückkehr lade ich euch zu einem gemütlichen Abend in meiner Bude ein. Dann dürft ihr alle Aufnahmen von dieser tollen Tour auf meinem Laptop bestaunen.«

»Au fein. Snowbell und ich freuen uns schon!«, sagte Joline, und ich schnurrte begeistert. »Miau!«

»Sei froh, dass du in der Weltgeschichte herumkommst.« Jana zog einen Schmollmund. »Meine tägliche Arbeit im Sekretariat ist längst nicht so aufregend. Hin und wieder kann ich meinen Chef zu einer Fachmesse begleiten, um repräsentative Aufgaben an unserem Stand zu übernehmen und höfliche Konversation in mehreren Sprachen zu betreiben. Zur Belohnung darf ich ausführliche Berichte über diese Events schreiben.«

»Jeder sucht sich halt seinen Traumberuf aus.« Selbstbewusst schüttelte Melissa ihre wilde Mähne, während mein Frauchen verlegen ihren Blick senkte und ihre kurzgeschnittenen Fingernägel betrachtete. »Leider kann ich auf diesem Gebiet nicht mitreden. Ausflüge und Klassenfahrten – mehr ist an meiner Grundschule nicht drin.«

»Stell dein Licht nicht unter den Scheffel. Du bist eine ausgezeichnete

Lehrerin, und alle Schüler und Schülerinnen lieben dich.«, sagte Jana. »Wir sind stolz auf dich, Nelly. Du hast dein Leben im Griff: Verbeamtete Lehrerin, stolze Hausbesitzerin und glückliche Mutter. Was willst du mehr?« Mit einem zufriedenen Lächeln setzte sie das Bällchen auf das Parkett, gab ihm einen kleinen Schubs und ließ es in meine Richtung kullern. Ich zögerte nicht lange, sondern spielte es zu ihr zurück. Sofort brach Jana in lautes Jubelgeschrei aus: »Der Kleine ist sportlich. Das war ein astreiner Schuss.«

Je später der Abend wurde, umso lustiger verhielten sich die drei Freundinnen. Vergnügt wärmten sie alte Geschichten auf und giggelten in einer Tour, was an dem konsumierten Alkohol liegen mochte. Kostverächterinnen waren sie nicht. Das stand bombenfest. Missbilligend schielte ich mit einem Auge auf die leeren Flaschen. Aperol Sprizz, Prosecco, Moet & Chandon … mir grauste vor dem merkwürdigen Gesöff. Keine vernünftige Katze hätte davon geschlabbert. Klares Wasser war tausendmal gesünder.

Dagegen hätte ich für mein Leben gern von den delikaten gefüllten Blätterteigtaschen gekostet, mit denen mein Frauchen ihre besten Freundinnen zum Abendessen verwöhnte. Als mir der verführerische Duft von Käse und Schinken in die Nase stieg, konnte ich mich kaum beherrschen. Fast wäre ich auf den Tisch gehüpft. Ach, diese Snacks sahen zum Anbeißen aus! Leider musste ich mich mit meinem eigenen Futter begnügen, das – wie mir mein Frauchen versicherte – genau das Richtige für ein heranwachsendes Katzenkind war. Während ich mein Schälchen ausschleckte, schmiedete ich einen kühnen Plan. Beim nächsten Mädelsabend würde ich mich heimlich in die Küche schleichen und das vorbereitete Serviertablett plündern …

Irgendwann warfen Jana und Melissa erschrockene Blicke auf ihre

Armbanduhren und wollten den lustigen Mädelsabend beenden. »Wir rufen uns jetzt ein Taxi …«

»Kommt nicht in Frage.«, protestierte mein Frauchen. »Hier ist genügend Platz. Ihr bleibt über Nacht.«

»Wenn du unbedingt willst, Nelly.«

Gemeinsam machten wir uns auf den Weg in den ersten Stock. Als wir unser Ziel erreicht hatten, rieb ich mich an den Beinen meines Frauchens und warf ihr einen mahnenden Blick zu. Auch wenn ich nichts gegen ihre besten Freundinnen einzuwenden hatte, mussten gewisse Grenzen gezogen werden. Unter keinen Umständen durften Jana oder Melissa in unserem Schlafzimmer übernachten. Mein Reich wollte ich nicht mit fremden Frauen teilen.

Melissa kreischte. »Snowbell muss bei mir schlafen.«

Um Himmels willen! Dieses übergriffige Frauenzimmer hatte mir gerade noch zu meinem Glück gefehlt. Nüchtern war Melissa schwer zu ertragen, alkoholisiert schien sie mir außer

44

Kontrolle geraten zu sein. Sie sollte bloß ihre Hände von mir lassen. Aus gegebenem Anlass entschied ich mich zur sofortigen Flucht und versteckte mich unter dem Himmelbett meines Frauchens. Ach, ein Mädelsabend war grauenvoll.

Am nächsten Morgen schwelgten wir in Katzenjammer. Jana und Melissa waren ziemlich wortkarg. Auch mein Frauchen sah verknittert aus. Immerhin schaffte sie es, mein Näpfchen zu füllen und für ihre Freundinnen einen starken Kaffee zu brauen. Feste Nahrung wollten sie nicht zu sich nehmen, was ich ganz in Ordnung fand. Dann blieb mehr frische Wurst für mich übrig. Jana fütterte mich unter dem Tisch mit gekochtem Schinken, während Melissa mich Leberwurst von ihren Fingern schlecken ließ. Wenn das ein Friedensangebot war: einverstanden. Schließlich war ich nicht nachtragend. Zufrieden leckte ich mir mein Schnäuzchen und nahm mir vor, den lustigen Weibern von Lünen ihren Alkoholexzess zu verzeihen. Gegen zehn

Uhr schlurften Jana und Melissa zur Garderobe, warfen sich ihre Jacken über und schnappten sich ihre Handtaschen. Dann knallten einige Küsse durch die Gegend. In der Hitze des Gefechts bekam ich aus Versehen einige ab. Bäh.

Mein Frauchen nahm mich auf den Arm und gab ihren Freundinnen das Geleit zu ihren Autos. Während sie ihnen nachwinkte, flüsterte sie mir ins Ohr: »Jana und Melissa sind meine besten Freundinnen. Wir kennen uns seit der Grundschule und können uns blind aufeinander verlassen.«

»Mäh. Von mir aus...«, brummte ich gleichgültig vor mich hin. Als Herr des Hauses war ich in diesem Punkt ziemlich flexibel. Ich brauchte keine guten Freunde, sondern einen zuverlässigen Dosenöffner. Bei den nächsten Worten meines Frauchens spitzte ich meine Ohren. »Wenn ich mal in Urlaub fahren möchte, weiß ich dich in liebevollen Händen. Jana und Melissa werden gut auf dich aufpassen.«

Urlaub ohne mich? Was sollte das heißen? Warum wollte mein Frauchen auf Reisen gehen? Hier war es sehr schön. Eine angenehmere Gesellschaft als mich konnte sich keine Frau auf der Welt wünschen. Warum sollte sie sich mit einem fremden Mann in der Ferne amüsieren, wenn die Liebe ihres Lebens auf dem Kratzbaum schlummerte? Nein, eine Trennung auf Zeit kam nicht in Frage. Ende der Diskussion. Auf keinen Fall wollte ich für längere Zeit bei Jana und Melissa einquartiert werden. Schließlich hielt es kein erwachsener Mann längere Zeit bei diesen gefühlsbetonten Frauenzimmern aus. Wer weiß, was sie mit mir anstellen würden, wenn mein Frauchen aus dem Weg war.

5. Kapitel:
🐾 Hausfrauen-Blues 🐾

Einige Stunden später entdeckte ich den Keller, den mein Frauchen mir bisher vorenthalten hatte. Gewissenhaft

erledigte Joline ihre häuslichen
Pflichten und sortierte Koch-, Bunt-
und Feinwäsche, die auf einem
geheimnisvollen Weg von einer Klappe im
Badezimmer im 1. Stock bis in unseren
Keller gelangt war. Das Rätsel
faszinierte mich mehr, als ich
zugegeben hätte. Ob diese seltsame
Vorrichtung für eine neugierige kleine
Katze geeignet war? Es juckte mich in
den Pfoten, in den Wäschepuff zu
springen und auf eigene Faust eine
Entdeckungstour zu unternehmen. Genauer
gesagt: eine kleine Rutschpartie durch
unser großes Haus. Vielleicht könnte
ich das Rätsel der verschwundenen
Socken lösen, die – wie mein Frauchen
lamentierte – von der gefräßigen
Waschmaschine verschluckt worden waren.
Schließlich war ich Sherlock Cat!

Endlich hatte Joline die helle Wäsche
in die Waschmaschine gestopft und
schlug mit voller Wucht den Deckel zu.
Dann füllte sie das Waschpulver ein und
drückte auf einen Knopf. Ächzend setzte

sich die Waschmaschine in Bewegung. Mit weit aufgerissenen Augen starrte ich auf das Bullauge und beobachtete fasziniert, wie unsere Wäsche eingeweicht und hin- und hergedreht wurde. Dieses Waschprogramm war besser als die Filme im Fernsehen.

Leider teilte mein Frauchen meine Begeisterung nicht. Schlecht gelaunt baute sie sich vor dem Bügelbrett auf und schnappte sich ihr Bügeleisen. Vor ihr lag ein Korb, der mit T-Shirts und Blusen gefüllt war. Offensichtlich schien sie Bügelwäsche über einen längeren Zeitraum zu horten. Messerscharf folgerte ich, dass diese Tätigkeit nicht zu ihren Lieblingsbeschäftigungen gehörte. Mit Musik ging angeblich alles besser. Deshalb schaltete mein Frauchen das Radio an und sang alle Songs mit, die auf ihrem Lieblingssender gespielt wurden. Nicht schön, aber laut und mit wachsender Begeisterung. Fast hätte ich mitgejault. Ich hoffte, dass Joline nie auf die Idee kommen würde, ihren soliden Beruf als Lehrerin aufzugeben, um ihren Lebensunterhalt als Sängerin bestreiten zu wollen. Dann würden wir garantiert am Hungertuch nagen müssen.

Als gut erzogenes Kätzchen wollte ich Joline meine Hilfe anbieten. Deshalb kletterte ich auf das Bügelbrett, setzte mich auf eine Bluse und haschte nach der Schnur des Bügeleisens. Sofort scheuchte sie mich weg: »Lass das, Snowbell, du störst mich bloß. Geh lieber spielen.«

Frauen konnte man nichts recht machen. Nachdem ich ihr einen missmutigen Blick zugeworfen hatte, hüpfte ich vom Bügelbrett und setzte meine Inspektionsreise durch den Waschkeller fort. Hinter einem blaugetupften Vorhang war eine Dusche verborgen, die vor gar nicht langer Zeit benutzt worden war. Vorsichtig tupfte ich mit der Pfote in das kühle Nass. Hach! Abgestandenes Wasser schmeckte gut. Genüsslich löschte ich meinen Durst und schlabberte alles auf. Als ich wieder aus der Dusche herauskrabbelte, fiel mein Blick auf eine alte Kommode. Neugierig erforschte ich die halb geöffneten Schubladen, die zum Hineinkrabbeln einluden. Leider gab es keine Schätze, sondern nur Putzmittel und Schwämme zu entdecken. Das bisschen Haushalt machte sich nicht von allein. Meine Dosenöffnerin kämpfte tapfer gegen ihren Mount Everest, während ich eine Pause benötigte. Glücklicherweise entdeckte ich einen Wäschekorb mit frisch gewaschenen Handtüchern, die einen angenehmen Duft verströmten und kuschelig weich waren. Ideal für ein kleines Erholungsschläfchen. Zack! saß ich im Korb und rollte mich zu einer kleinen Kugel zusammen.

7. Kapitel:
⚘ Frühlingsgefühle ⚘

Aus heiterem Himmel hatte Joline hinter meinem Rücken einen Termin bei einem Tierarzt in Lünen gemacht, der laut den vielen positiven Bewertungen im Netz über einen ausgezeichneten Ruf verfügte. Sie hätte mich ja wenigstens mal fragen können, ob ich andere Pläne an diesem Nachmittag hatte. Ich war empört, als sie mich in einen Kennel sperrte und zur Praxis transportierte. Zugegeben: es waren nur fünf Minuten mit dem Auto. Dennoch kamen sie mir wie eine Ewigkeit vor. In der Praxis war es voll. Mehrere kläffende Köter führten ihre Besitzer spazieren. Zwei aufgedrehte Papageien kreischten, was die Stimmbänder hergaben. Ich warf ihnen einen bitterbösen Blick zu. Wenn ich nicht in meiner Box festgesessen hätte, wäre ich zu einem spontanen Angriff übergegangen. Dann hätten die dummen Vögel Federn lassen müssen. Meine armen Nerven wurden eindeutig malträtiert. Drei weitere Katzen sahen das ebenso. Unsere Augen leuchteten mordlüstern durch die Gitterstäbe unserer Transportkörbe.

»Frau Degenhardt, bitte.«

52

Als wir das Sprechzimmer betreten hatten, atmete ich auf. Endlich durfte ich meinen Kerker verlassen und aus der Transportbox ans Tageslicht krabbeln! Der Tierarzt Dr. Christopher Weber war ein schlanker, dunkelhaariger Mann mittleren Alters, der Joline um einen ganzen Kopf überragte. Von der äußeren Erscheinung her war er glatter Durchschnitt, während ich in einer anderen Liga spielte. Eine schwarze Brille, ein weißer Kittel und bequeme Treter von Birkenstock machten keinen attraktiven Mann aus. Dennoch war er mir nicht gänzlich unsympathisch. Er gab sich große Mühe, eine vertrauensvolle Beziehung zu mir aufzubauen, strich mir sanft über das Fell und kraulte mir liebevoll das Kinn, bevor er mich gründlich untersuchte. Sein fachmännisches Urteil fiel positiv aus: »Ein wunderschönes kerngesundes Prachtexemplar, Frau Degenhardt. Diesen Kater sollten Sie unbedingt auf einer Ausstellung präsentieren. Meiner Ansicht nach ist er für die Zucht geeignet.«

Bei diesen lobenden Worten leuchteten meine Augen auf, und ich schnurrte zustimmend. Dieser Mann hatte nicht nur Verstand, sondern auch Geschmack. Als Kitten hatte ich mich selbst heimlich im Spiegel bewundert. Meine Katzenmama hatte mir anvertraut, dass ich meinen Papa, dem alten Filou, wie aus dem Schnäuzchen geschnitten war. Bei diesen Worten hatten ihre Augen einen verzückten Ausdruck angenommen, und ihre Stimme klang sehr glücklich. Aus diesen Indizien hatte ich messerscharf geschlossen, dass mein Vater ein außergewöhnlicher Kater gewesen sein musste. Sehr edel, intelligent und schön. Laut meiner Katzenmama war ich sein Ebenbild. Folglich würde ich in absehbarer Zeit die Damenwelt von Lünen um meine Pfote wickeln können. Meine Zukunft sah rosig aus. Ich war ja nicht eingebildet, aber: Können erfahrene Katzendamen aus bestem Hause wie meine Mama irren?

»Ähm.«, sagte Joline pikiert. »Das kommt für uns nicht in Frage. Es gibt genug Katzen auf dieser Welt.«

»Schade.«, bedauerte der Tierarzt. »Dann sollten Sie rechtzeitig über eine Kastration nachdenken. Wenn der Kleine 6 Monate alt ist, könnten wir den Eingriff vornehmen. Machen Sie sich keine Sorgen. Es handelt sich um eine Routineoperation. Snowbell wird nichts davon merken. Das verspreche ich Ihnen.«

Ich traute meinen Ohren nicht und funkelte ihn zornig an. Was ging diesen Onkel Doktor mein Liebesleben an? Ich fragte ihn ja auch nicht, ob er sich durch einen chirurgischen Eingriff gegen eine Kinderüberraschung geschützt hatte. Glücklicherweise ließ Joline sich auf keine weitere Diskussion ein. Trotz ihres brachliegenden Liebeslebens schien sie mir meinen Spaß zu gönnen. Im Gegensatz zu Dr. Christopher Weber, der mir liebevoll den Rücken tätschelte und in einem lockeren Plauderton fortfuhr: »Dann sehen wir uns in einigen Wochen. Bitte vereinbaren Sie rechtzeitig einen Termin, Frau Degenhardt.«

Ich fauchte böse und holte mit der Pfote aus. Mein Frauchen konnte um eine Schwanzeslänge verhindern, dass der Quacksalber die Dresche bezog, die er sich redlich verdient hatte. Heute hat Dr. Christopher Weber mehr Glück als Verstand gehabt, dachte ich grimmig. Man sieht sich immer zweimal im Leben. Das nächste Mal würde ich ihm einige schlimme Macken verpassen, die sich gewaschen hätten.

»Ich weiß gar nicht, was in Snowbell gefahren ist. So habe ich ihn noch nie erlebt.«

Erschrocken schubste Joline mich in meinen Kennel, verriegelte ihn und warf dem Tierarzt einen hilflosen Blick zu.

»Ich muss Sie um Entschuldigung bitten. Normalerweise ist Snowbell ein freundliches und ruhiges Tier.«

»Kein Problem.«, mimte der Quacksalber den coolen Typen. »Snowbell ist ein kleines Katzenbaby. Heute ist er zum

56

ersten Mal in meiner Praxis. Wir werden uns schon aneinander gewöhnen.«

Phhh. Ich presste meine Schnauze an das Gitter und schnaubte verächtlich. Ein Baby? Ich war ein gefährlicher, wilder Tiger. Für diese Unverschämtheit würde ich das Arschloch in seine grapschigen Finger beißen.

Leider ließ sich Dr. Christopher Weber nicht einschüchtern. Mit einem stoischen Lächeln begleitete er Joline zur Rezeption, schaute ihr tief in die Augen und reichte ihr sogar seine Hand zum Abschied. Er hielt sie etwas länger fest als nötig, und Joline zog sie sanft zurück, während ihr die Röte in die Wangen stieg. Meine Alarmglocken schrillten. Ich war mir sicher, dass Dr. Christopher Weber nicht nur auf übliche Kundenbindung setzte, sondern mein Frauchen bevorzugt behandelte. Womöglich hatte er keine feste Freundin und nutzte jede Gelegenheit, mit einer hübschen ledigen jungen Frau zu flirten. Was für ein intriganter

Schleimscheißer! Finger weg von meinem Frauchen!

Nach diesem Erlebnis war meine Laune in den Keller gerutscht. Nicht einmal die Aussicht auf einen spontanen Besuch bei Melissa konnte mich aufmuntern. Angeblich könnten wir das Angenehme mit dem Nützlichen verbinden, teilte Joline mir in lockerem Plauderton mit, während sie ihren Wagen durch den Stadtverkehr lenkte. Wieder einmal konnte ich ihren menschlichen Gedankengängen nicht folgen. Das Wiedersehen mit ihrer besten Freundin Melissa mochte angenehm sein. Doch was sollte an einem Termin beim Tierarzt nützlich sein, wenn man sich gar nicht krank fühlte?

Melissa wohnte mitten in der Innenstadt. Ihr Appartement war im Dachgeschoss eines vierstöckigen Mehrfamilienhauses gelegen. Glücklicherweise konnten wir einen Fahrstuhl nutzen, der uns binnen weniger Minuten in das gewünschte

Stockwerk beförderte. Wenn wir die vielen Treppen hätten laufen müssen, wären wir wesentlich länger unterwegs gewesen.

»Hey, ihr zwei! Wie schön, dass ihr vorbeischaut. Ich hab euch schon vermisst!«
Temperamentvoll fiel Melissa meinem Frauchen um den Hals und küsste sie auf die Wangen. »Los, kommt rein! Dann kann ich euch mein kleines Paradies zeigen.«
Erfreut hopste ich aus meinem Kennel und schaute mich mit kugelrunden Augen um. Von einem schmalen Flur gingen zwei Türen ab. Die erste führte in ein hell gefliestes Duschbad, die andere führte in einen quadratisch geschnittenen Raum.
»Wow!«, sagte Joline und ließ ihren Blick voller Bewunderung durch das in hellen Pastelltönen gehaltene Appartement gleiten. »Du hast das Beste aus 30 Quadratmetern herausgeholt.«
Ich war der gleichen Meinung. Diese Wohnung erinnerte mich an eine süße

Puppenstube. Das Wohnzimmer sah sehr gemütlich aus. Melissa hatte eine bequeme Couch mit einem niedrigen Tisch kombiniert, auf dem ein aufgeklapptes Laptop stand. Auch ein flauschiger Teppich fehlte nicht, der für warme Füße in dem mit pflegeleichten Fliesen ausgelegten Appartement sorgen sollte. In einer Ecke stand eine unverwüstliche Grünpflanze, frische Blumen konnte ich nicht entdecken.

Hinter einem Paravent war ein weißes Bett verborgen, das mit kuscheligen Kissen und flauschigen Decken einen behaglichen Rückzugsort bildete. Direkt daneben stand ein Beistelltisch, auf dem eine schicke Nachttischlampe platziert war. Auf der gegenüberliegenden Seite war ein großer Kleiderschrank mit Spiegeltüren untergebracht worden.

»Wenigstens hast du nicht mit Dachschrägen zu kämpfen.«, sagte Joline, und Melissa lachte. »Nein, mein kleines Paradies ist praktisch, quadratisch und gut – wie meine Lieblingsschokolade.«

Mit einem Ausdruck des Bedauerns wies sie auf einen winzigen Balkon, den man von ihrem Schlafzimmer aus betreten konnte. »Leider fehlt mir der Platz für eine Outdoor-Oase. Du siehst ja, es reicht kaum für ein Tischchen und einen Stuhl im Vintagelook.«

»Ach, mir fällt schon was ein, womit wir deinen Balkon aufmotzen können.« Joline runzelte die Stirn. »Was hältst du von einer hippen Makramee-Blumenampel oder einem Hanging Basket? Dann könntest du die Sonnenstunden ganz entspannt an der frischen Luft mit einer Tasse Kaffee und einem guten Buch genießen.«

»Ich denk drüber nach.«, sagte Melissa diplomatisch und führte sie zu einer Pantry-Küche, die hinter einem Raumteiler in einer Nische versteckt war. Dort standen ein runder Tisch und zwei Stühle, an denen Melissa ihre Mahlzeiten einnehmen konnte. Wenn sie überhaupt kochte … In diesem Punkt hatte ich berechtigte Zweifel. Ihre Erdbeer-Panna-Cotta-Kuppeltorte sah verlockend aus. Doch sie war zu perfekt, um selbstgemacht zu sein. »Sei mir nicht böse, ich hatte Lust auf Kuchen aus dem Supermarkt. Mit dir kann und will ich nicht konkurrieren, Nelly.«, lächelte Melissa. »In meiner Bude kann ich mich nicht austoben. Meine zwei Herdplatten reichen gerade mal aus, um eine Dose Suppe zu erwärmen oder Spaghetti mit Sauce Bolognese zu kochen.«

»Mensch, Meli, zwei Muffins hätten völlig ausgereicht.«, erwiderte Joline. »Diese feine Torte ist viel zu mächtig für uns.«

»Was wir zwei nicht schaffen, nehme ich morgen mit ins Reisebüro.«, überlegte Melissa. »Dann freuen sich meine Arbeitskollegen.«

Ihre Ehrlichkeit und Natürlichkeit waren entwaffnend. Nun konnte ich nachvollziehen, dass Joline Melissa in ihr Herz geschlossen hatte. Genüsslich schleckte ich etwas Sprühsahne aus einem Schälchen, während die zwei Freundinnen ihren Kaffeeklatsch genossen. Natürlich musste Joline von unserem Besuch in der Tierarztpraxis erzählen. »Dr. Christopher Weber ist sehr sympathisch.«, sagte sie mit einem versonnenen Lächeln. »Ich bin froh, dass er die Praxis seines Vaters übernommen hat. Er hat einen guten Eindruck auf mich gemacht.«

»Ist er in festen Händen?«, erkundigte sich Melissa interessiert.

»Ich weiß es nicht.«, überlegte Joline angestrengt. »Auf jeden Fall trägt er keinen Ring.«

»Wenn er dir gefällt, solltest du dran bleiben.«, meinte Melissa. »Ein Tierarzt in der Familie wäre praktisch, findest du nicht auch?«

Mäh! Mein Snack schmeckte mir nicht mehr. Entsetzt blickte ich mein Frauchen an. Nein, Nelly, diesen Affront darfst du mir nicht antun. Bestimmt gibt es einen anderen Mann, der's wert ist…

7. Kapitel:
♦ Auf gute Nachbarschaft! ♦

»Ach, Snowbell, ich bin traurig. Unser Nachbar kommt nicht aus dem Krankenhaus zurück. Der Schornsteinfeger hat mir erzählt, dass er gestorben ist. Niemand möchte sein Haus übernehmen. Jetzt soll ein Makler tätig werden.«, teilte mir mein Frauchen einige Tage später mit tränenverhangenem Blick mit. Meine Trauer hielt sich in Grenzen. Der Tattergreis hatte keine besondere Zuneigung zu mir empfunden. Jeden Tag hatte er seinen gepflegten Garten auf mögliche Hinterlassenschaften kontrolliert. In diesem Punkt konnte ich meine Pfötchen in Unschuld waschen. Ich benutzte brav das Katzenklo in unserem Haus, und den Garten hatte ich noch nie verlassen. Ein einziges Mal hatte ich mich am Zaun hochgezogen und in den fremden Garten gelinst. Schließlich musste ich mir ein Bild von meiner Nachbarschaft machen. Das angrenzende Grundstück war nicht nach meinem Geschmack. Der senile Knacker war ein Ordnungsfanatiker und Kleingärtner der alten Schule. Der englische Rasen war auf den Millimeter genau getrimmt. Seine Salatköpfe standen wie Soldaten in Reih und Glied. Die gefräßigen Nacktschnecken erledigte er mit Schneckenkorn, wenn er sie nicht auf frischer Tat ertappen und mit seiner Rosenschere in mehrere Stücke schneiden konnte. Ich hatte die öffentlichen Hinrichtungen mitangesehen und traute ihm nicht mehr über den Weg. Dieser standhafte Zinnsoldat war ein geborener Killer. Kein Wunder, dass seine Frau vor einigen Jahren das Zeitliche gesegnet hatte, wie mir mein Frauchen verraten hatte. Vielleicht hatte er selbst mit seiner Schere nachgeholfen und sie in kleinen Stückchen in seinen Beeten verteilt. Wer konnte das in der heutigen Zeit wissen?

»Schau dir das an. Das gibt es ja nicht.«

Mein Frauchen stand am Küchenfenster und starrte mit kugelrunden Augen hinaus. »Oh Gott, hier zieht ein Rocker ein.«

»Miau.«

Begeistert sprang ich auf die Fensterbank. Für aufregende Spektakel war ich zu haben. Ein muskelbepackter, wild aussehender Typ parkte ein chromglänzendes schweres Motorrad vor unserer Einfahrt. Wenige Minuten später näherte sich eine ganze Horde von Motorradfahrern. Sie suchten sich geeignete Parkplätze, stiegen von ihren Maschinen und warteten auf einen großen Möbelwagen. Offensichtlich wollten sie ihrem Kumpel bei seinem Einzug ins Nachbarhaus helfen.

»Oh Gott, wie sehen diese Typen aus?! Tätowiert. Glatze. T-Shirts mit Totenköpfen. Schwarze Lederhosen. Schwere Stiefel. Was ist das für eine Gang?« Mit gekrauster Stirn studierte sie die aufgemotzten Motorräder. Dann hörte ich einen entsetzten Aufschrei: „Ach, ich hätte es mir denken können.

Harley Davidson! Schau dir diese wilden Kerle an, Snowbell. Das sind bestimmt Kriminelle. Oh mein Gott, diese Nachbarn will ich nicht kennenlernen. Auf jeden Fall muss ich in den Baumarkt fahren und mir ne Alarmanlage zulegen. Ich geh nie rüber. Nie, nie, nie …«

Meinem Frauchen standen die Haare zu Berge. Sie zitterte vor Aufregung. Beruhigend schnurrte ich ihr liebe Worte ins Ohr. Für mich war schwer verständlich, dass sie immer so maßlos übertreiben musste. Sie sah wieder einmal am helllichten Tag Gespenster.

Joline hielt ihren guten Vorsatz einen Tag lang durch. Dann siegte ihre angeborene Neugierde. Tapfer nahm sie ihren ganzen Mut zusammen und marschierte mit Brot und Salz zu unserem neuen Nachbarn, um ihn in der stillen Siedlung willkommen zu heißen. Ob sich ein Rocker über dieses Geschenk freuen würde, bezweifelte ich. Im Fernsehen waren diese Männer recht trinkfest. Eine Flasche Bier wäre einem

Bad Boy garantiert lieber gewesen. Auch wenn Joline mich nicht um meinen Rat gefragt hatte, würde ich sie nicht im Stich lassen. Sie war ganz allein und brauchte meine Unterstützung. Entschlossen heftete ich mich an ihre Fersen. Diesen außergewöhnlichen Menschen wollte ich mir aus nächster Nähe ansehen. Curiosity killed the cat. Nicht den Kater!

»Was machst du hier?«

Mist, sie hatte mich doch bemerkt. Aber es war zu spät, mich nach Hause zu bringen. Der Harley-Davidson-Mann hatte das Schellen gehört und öffnete die Tür. Interessiert musterte ich ihn von Kopf bis Fuß. Einen Rocker hatte ich noch niemals gesehen. Er trug ein ausgeblichenes T-Shirt, eine verwaschene Jeans und ausgelatschte Turnschuhe. Eigentlich sah er gar nicht so übel aus. Groß, breit gebaut, Drei-Tage-Bart, verwuscheltes Haar. Irgendwie erinnerte er mich lebhaft an die Männer in den Frauenzeitschriften, von denen die besten Freundinnen meines

Frauchens in den höchsten Tönen schwärmten.

»Guten Tag.« Mein Frauchen nahm die Schultern zurück und blickte ihrem gefährlichen Nachbarn tapfer in die Augen. Sie schien zu erwarten, dass er ihr zur Begrüßung gleich ein Messer an die Kehle setzen oder sie in eine dunkle Ecke zerren und vergewaltigen würde. Ich war wesentlich entspannter. Der Typ machte einen lockeren Eindruck und verströmte eine angenehme Aura. Aber das konnte sie nicht wissen. »Herzlich willkommen, Herr – äh – hm –« Irritiert schielte sie nach dem Klingelschild. »Breitenbach. Mein Name ist Joline Degenhardt. Ich bin Ihre Nachbarin.«

»Hallo. Schön, Sie kennen zu lernen.« Seine Stimme war angenehm. Dunkel und volltönend. Mit einem Lächeln nahm er die Geschenke entgegen, die sie ihm überreichte. »Wie lieb von Ihnen. Vielen Dank.«

»Herzlich willkommen in Lünen-Horstmar. Ich unterrichte an der hiesigen Grundschule. Wenn Sie Kinder haben ...«

»Was ist denn los?«
Ein zweiter Mann kam näher und legte dem Rocker die Hand besitzergreifend auf die Schulter. Mir fielen fast die Augen aus dem Kopf. Wow. Wenn das Harley-Davidson-Modell ein Versprechen war, war dieser Mann ein Geschenk Gottes an die Frauen. Er war jung, schön und sah aus wie ein berühmter Filmstar, den mein Frauchen und ich neulich im Fernsehen bewundert hatten. Allerdings war er genauso arrogant und herablassend normalen Sterblichen gegenüber.
»Hi. Gibt es etwas Wichtiges? Wir sitzen gerade beim Frühstück.«
»Oh.«
Mein Frauchen wurde knallrot. Hastig nahm sie mich auf den Arm und trat den geordneten Rückzug an. »Bitte entschuldigen Sie die Störung. Auf Wiedersehen.«

»Tschüss.«

Mit einem freundlichen Nicken verabschiedeten sich die zwei Männer. Als sich die Tür hinter ihnen geschlossen hatte, verbarg mein Frauchen ihr glühendes Gesicht in meinem Fell. »Das ist mir so peinlich. Er ist schwul – und ich erzähl was von Kindern …«

8. Kapitel:
🐾 It's partytime! 🐾

Als ich meine tägliche Runde im Garten drehte, hörte ich von nebenan laute Musik. Eine ganz andere Richtung als die Klassik, die mein Frauchen bevorzugte. Feierte unser neuer Nachbar eine Einweihungsparty? Warum waren wir nicht eingeladen? Neugierig zwängte ich mich durch das Loch im Gartenzaun, das ich vor wenigen Tagen entdeckt hatte. Auf der anderen Seite fielen mir fast die Augen aus dem Kopf. Wow. Hier war etwas los. Auf dem Rasen lümmelten lauter harte Jungs in schwarzen

71

Lederklamotten herum. Sie waren gut gelaunt, hielten Bierflaschen in den Händen und prosteten sich zu. Von der Terrasse roch es verlockend. Der Harley-Davidson-Biker hatte den Grill angeworfen. Vorsichtig pirschte ich mich an ihn heran und stupste ihn mit der Pfote. Er fuhr herum und lächelte mich an. »Hello, bro. Wir kennen uns doch. Bist du alleine hier? Oder hast du dein Frauchen mitgebracht?«

Ich produzierte einen Laut, den man mit gutem Willen als »Nee« interpretieren konnte. Menschen waren ja leider geistig zurückgeblieben. Man musste ihnen so weit entgegenkommen, wie es unter zivilisierten Lebewesen möglich war.

»Hat sie sich nicht getraut? Wahrscheinlich steht sie am Fenster und drückt sich die Nase platt. Sie scheint ziemlich neugierig zu sein.« Er streichelte mir sanft über den Rücken, und ich schnurrte ihn hingebungsvoll an. »Möchtest du mit uns feiern? Wir

72

haben feine Sachen. Wäre ein Thunfischsteak nach deinem Geschmack?«

Das war mehr als ich erwartet hatte. Ich stieß ein begeistertes »Miau« aus und stürzte mich auf den Leckerbissen. Zufrieden leckte ich mir über die Lippen und strich unserem neuen Nachbarn um die Beine. Allmählich wurden seine Freunde auf uns aufmerksam. »Hey, du lässt nichts anbrennen. Wo hast du diese flotte Mieze aufgerissen?«

»Nä.«, protestierte ich. Dass ich ein Junge war, konnte man nicht übersehen. Mein neuer Freund lachte und nahm mich auf den Arm. »Dieser Perserkater ist mein bester Kumpel. Leider gehört er mir nicht. Er kommt nur zu Besuch.«

Als viele riesengroße raue Hände über mein Köpfchen strichen, wurde mir ganz flau. Ängstlich presste ich mich an die Lederweste unseres neuen Nachbarn, der mich fest in seinen Armen hielt. Meine Mutter hatte mich vor bösen Männern gewarnt. Aber ich war ja nicht allein.

Mein Harley-Davidson-Biker würde mich vor allen Attacken beschützen. Wenn es hart auf hart ging, könnte ich laut kreischen und um mich schlagen – dann würde mein Frauchen garantiert aus der Villa Katzenglück stürmen und mich mit ihrem Schrubber verteidigen …

Meine Angst war unbegründet. Die tätowierten Motorradfahrer sahen zwar gefährlich aus, hatten aber ein Herz für Tiere. Sie fütterten mich mit vielen Leckerbissen, dass mein dicker Bauch fast nicht mehr durch das Loch im Zaun passte. Mit letzter Kraft schleppte ich mich zu meinem Kratzbaum erklomm die erste Etage und blieb fast in der schmalen Öffnung der SChlafhöhle stecken. Ich holte tief Luft und zwängte mich hindurch. Mein Frauchen würde sich wundern, dass ich heute nichts mehr, aber auch gar nichts mehr essen würde. Ich rollte mich zusammen, rülpste zufrieden und leckte meine Pfötchen. Eins stand für mich fest: Mit diesem Nachbarn hatten wir Glück gehabt.

74

In der Nacht war mir schlecht. Ich musste mich übergeben und jammerte nach meiner Katzenmama. Mein Frauchen fuhr im Bett hoch und kümmerte sich um mich. Am nächsten Morgen klemmte sie mich unter den Arm und schellte Sturm bei unserem Nachbarn. Er sah ziemlich mitgenommen aus, als er die Tür öffnete. Zu viel Alkohol und zu wenig Schlaf, wie ich nach meinen einschlägigen Erfahrungen mit den besten Freundinnen meines Frauchens vermutete. Als er Joline sah, leuchteten seine müden Augen auf.

»Guten Morgen, schöne Nachbarin. Was verschafft mir die Ehre eines Besuchs?«

Leider war Joline für einen unverbindlichen Flirt nicht empfänglich. »Halt die Klappe!«, fuhr sie ihn wütend an. »Du siehst beschissen aus. Hast du gestern durchgemacht?«

»Warum willst du das wissen?«

Unser neuer Nachbar lehnte sich lässig an seine Haustür, die Arme über seiner breiten Brust verschränkt. Er trug ein weißes Shirt und eine graue Jogginghose, und seine Füße waren nackt, was seine erotische Ausstrahlung noch steigerte. »Hast du was gegen Alkohol?«

»Nein. Du hast Recht, es geht mich nichts an, wenn du dich besäufst. Schließlich bist du erwachsen. Trotzdem hab ich eine Frage: Was hast du mit meinem Kater gemacht?«

»Nichts.«

»Lüg mich nicht an.« Joline setzte eine strenge Miene auf und durchbohrte ihn mit ihren Blicken. »Gestern Abend hast du ne wilde Party gefeiert. Hast du Snowbell Hasch-Kekse aus Holland gegeben?«

»Nein! Nur Thunfischsteak – und Bratwurst – und Spare Ribs …«

»Super!«, fauchte sie. »Bist du bescheuert? Du hast mir eine schlaflose Nacht beschert. Snowbell hat in einer Tour gekotzt. Er ist noch ein Baby und darf dieses ungesunde Zeug nicht fressen.«

76

»Sorry.« Er fuhr sich mit der Hand durch das verwuschelte Haar. »Es tut mir leid. Ehrlich. Wie kann ich das wieder gut machen? Darf ich dich zum Essen einladen?«

Eine liebenswürdige Geste, fand ich und schnurrte leise. Leider war Joline nicht für seinen Charme empfänglich.

»Willst du mich vergiften? Reicht es dir nicht, dass du fast meinen Kater auf dem Gewissen hast?« Sie holte tief Luft. »Wie heißt du eigentlich?«

»Ben.«

»Komischer Name. Ist das eine Abkürzung? Für Bernhard?«

»Nein.« Unser neuer Nachbar zögerte einen Moment. »Benjamin.«

»Benjamin Blümchen. Törööo! So siehste aus!«, platzte mein Frauchen heraus. Dann schlug sie sich mit der freien Hand auf den Mund. »Verzeihung! Beleidigen möchte ich dich nicht …«

Mit knapper Not konnte ich ein schrilles Kreischen unterdrücken. Dieser Name passte zu unserem Nachbarn wie die Faust aufs Auge.

»Schon gut. Ich finde meinen Vornamen total bescheuert.« Verlegen starrte Ben auf seine nackten Füße. »Was soll ich machen? Meine Eltern haben drei Söhne. Ich bin der Jüngste.«

»Ok. Dann bleiben wir bei – Ben.«

Ben lächelte. »Und wie heißt du?«

»Joline.«, erwiderte mein Frauchen. »Du darfst mich nicht Nelly nennen.«

»Bist du immer so schlecht gelaunt?«

»Nur wenn ich auf Volltrottel treffe.«

»Dein Mann tut mir leid.«, scherzte Ben, und Joline zuckte zusammen. »Ich bin Single. Mein Ex-Freund wollte sich nicht auf eine einzige Frau festlegen.«

»Verzeih mir.« Sofort griff er nach ihrer Hand. »Ich wollte dich nicht verletzen.«

»Kein Problem.« Sie wehrte ihn ab. »Das ist Ewigkeiten her. Ich bin längst drüber weg.«

»Gebranntes Kind scheut das Feuer.«, murmelte Ben, und Joline sah ihn misstrauisch an. »Was meinst du?«

»Nichts, nichts.« Er schaute sie mit einem sanften Dackelblick an. »Möchtest du einen Kaffee mit mir trinken?«

»Das ist das Allerletzte, was ich in diesem Leben tun möchte.«, schnaufte Joline empört. »Trink lieber Kaffee mit deinem Freund. Sonst steigt er mir noch aufs Dach. Auf Ärger mit eifersüchtigen Lovern bin ich nicht scharf.«

Peinlich berührt, zog ich meinen Kopf ein. Mit meinem Frauchen war heute nicht gut Kirschen essen. Sie war auf Krawall gebürstet. Verständnislos sah Ben sie an. Dann leuchteten seine Augen auf. »Oh Joline, du bist …«

»Schönen Tag noch.« Mein Frauchen drehte sich auf dem Absatz um und rannte zu unserem Haus. Ich hatte das Gefühl, dass Ben uns nachstarrte, aber beschwören konnte ich es nicht.

9. Kapitel:

✦ Klingelmännchen ✦

Gegen 14 Uhr klingelte es an der Tür. Wer störte unsere Mittagspause?

Neugierig raste ich die Treppe vom ersten Stock hinunter und brachte fast mein Frauchen zu Fall, das sich ebenfalls in Bewegung gesetzt hatte. »Snowbell, hast du keine Augen im Kopf? Willst du, dass ich mir den Hals breche? Ich hab mein Testament noch nicht zu deinen Gunsten geändert!«

»Miauww …«

Treuherzig blinzelte ich sie an. Sofort nahm sie mich auf den Arm und kraulte mich unter dem Kinn. »Entschuldigung angenommen. Ich liebe dich. Jetzt schauen wir mal nach, wer unsere Mittagsruhe stört. Hoffentlich ist es kein Klingelmännchen.«

Ich tippte auf einen fahrenden Händler, der unsere stille Siedlung in regelmäßigen Abständen heimsuchte. Vielleicht war es der dicke Bäckermeister, der mit seinen frischen Backwaren so lange vor der Nase meines Frauchens herumwedelte, bis sie sich geschlagen gab und ihm einige Plunderteilchen abkaufte. Oder der redselige Käptn Iglu, der ihr neue

Eissorten und leckere Törtchen andrehen wollte, die überflüssiges Hüftgold zementierten. Alles Männer, die nur ihr Bestes wollten. Nämlich ihr Geld.

Schwungvoll öffnete Joline die Haustür. »Ja bitte?«

»Guten Tag.«, sagte ein alter Mann, den ich auf 70 Jahre schätzte. Er war mittelgroß, schlicht gekleidet und hatte schütteres, graues Haar.

»Verzeihen Sie die Störung, aber …«

Nachdenklich musterte ich den Fremden von oben bis unten. Er war garantiert ein Hausierer. Sollten wir mit dem Wachturm bekehrt werden? Oder einen insolventen Zirkus mit hungernden Tieren unterstützen? Entschlossen entblößte ich meine Reißzähne und fauchte warnend. Keinen Schritt näher, sonst gab es etwas auf die Zwölf.

»Wir brauchen nichts.«

Joline war der gleichen Ansicht und wollte die Tür schließen, als der Fremde in den Flur trat und ihr den Weg versperrte. Mit offenem Mund starrte sie ihn an. »Was soll das?«

Es war Zeit für meinen großen Auftritt. Achtung, Krallen raus und Pfoten hoch! Mit einem kühnen Satz sprang ich von ihrem Arm, machte einen Buckel und schaltete auf den Angriffsmodus. Ein wildes Grollen stieg aus meiner Kehle, während ich meinen Gegner fixierte: Ich warne dich, Freundchen. Verpiss dich, sonst wirst du es bitter bereuen. Ich bin zwar klein, aber oho. Ich kann dir dein Gesicht zerkratzen, mich in deiner Hand verbeißen und dir viele blutende Wunden zufügen …

»Bitte verzeihen Sie mir. Ich wollte Sie nicht erschrecken.«, versicherte der alte Mann. »Früher hat hier Vera Degenhardt gewohnt. Sie war eine gute Bekannte von mir. Können Sie mir sagen, wo ich sie finden kann?«

»Meine Patentante ist verstorben. Sie hat mir ihr Haus hinterlassen.«, antwortete mein Frauchen. »Ich bin Joline Degenhardt, ihr einziges Patenkind.«

»Oh. Mein aufrichtiges Beileid.« Das Gesicht des alten Mannes nahm einen enttäuschten Ausdruck an. »Können Sie mir bei meiner Suche nach Lydia Möller helfen? Sie war die beste Freundin Ihrer verstorbenen Tante. Vera, Lydia und ich waren in einer Clique – und dann haben wir uns aus den Augen verloren …«

»Nein. Es tut mir leid.«, sagte Joline. »Ich kann Ihnen nicht helfen.«

»Ich dachte es mir. Trotzdem vielen Dank, Frau Degenhardt.«

Der alte Mann nickte uns zu, verließ unser Haus und schlurfte die Straße entlang. Joline starrte ihm einige Minuten lang nach. Auf ihrem hübschen Gesicht spiegelten sich verschiedene Empfindungen, als sie leise vor sich hin murmelte: »Schau mal an. Tante Vera hatte einen Verehrer. Eigentlich war ich fest davon überzeugt, dass sie vom anderen Ufer war. Schließlich hatte sie nichts für Männer übrig, sondern war immer mit Frauen unterwegs. So kann man sich irren.«

Na, mein Typ wäre dieser Mann nicht gewesen. Meiner Ansicht nach sah er aus wie ein notorischer Schürzenjäger, der seine besten Zeiten hinter sich hatte. Vielleicht war es seine Schuld, dass die verstorbene Tante Vera nicht in den heiligen Stand der Ehe getreten war. Welche vernünftige Frau wollte einen Partner, der ständig fremden Miezen schöne Augen machte? Angewidert verzog ich mein Schnäuzchen und stupste mein Frauchen nachdrücklich mit der Pfote an. Das Liebesleben von Tante Vera ging mich nichts an. Ihre verflossenen Liebhaber waren mir gleichgültig. Die Realität war wichtiger. Vor allem mein knurrender Magen. Gegen eine Knabberstange hatte ich nach dem Stress nichts einzuwenden.

Mein Frauchen nahm mich auf den Arm und schloss die Haustür. »Möchtest du mal meine Tante Vera sehen?«

Verblüfft starrte ich sie an. War Tante Vera nicht auf dem Friedhof begraben? Hatte Joline ihre Tante in unserem Garten eingebuddelt? Oder ruhte sie schockgefrostet in unserer

84

Tiefkühltruhe? In Köln hatte ich mal gesehen, wie die Züchterin tiefgefrorene Küken für meine Familie aufgetaut hatte. Diese kleinen Häppchen waren ziemlich lecker, auch wenn empfindsame Gemüter in der Küche gekreischt hatten. Hütete Joline ein finsteres Geheimnis? Hatte sie ihre Tante für schlechte Zeiten eingefroren, damit wir immer was zu beißen hatten? Mir wurde flau im Magen. Vielleicht sollte ich Vegetarier werden. Gras hatten wir ja genug im Garten.

»Irgendwo hier muss das alte Schätzchen sein.«
Mit zusammengezogenen Brauen stapfte Joline zu ihrem Bücherschrank, ließ ihren Blick über die einzelnen Regale schweifen und stieß einen triumphierenden Schrei aus: »Ha, ich wusste, dass ich es nicht entsorgt habe.«
Wenige Minuten später saßen Joline und ich auf dem Sofa und begutachteten unseren Schatz. Der Staub eines

erloschenen Lebens stieg mir in die Nase, als sie die vergilbten Seiten eines in dunkles Leder gebundenen Fotoalbums umblätterte. Ich musste niesen und strampelte mit den Pfoten, um mich aus dem Klammergriff meines Frauchens zu befreien. Für mein Empfinden war Joline ziemlich besitzergreifend in ihrer Liebe. Männer brauchten Freiraum. Wenn sie ihren letzten Lover ebenso gewürgt hatte, war es kein Wunder, dass er nach dem vollzogenen Beischlaf das Weite gesucht hatte. »Guck mal, das ist Tante Vera. Nach dem Abitur hat sie Pharmazie studiert und ist Apothekerin geworden. Was für eine emanzipierte, kluge und schöne Frau!«

Sie tippte mit dem Zeigefinger auf ein Porträt. Gehorsam musterte ich die abgebildeten Personen. Auf der verschwommenen Aufnahme waren zwei junge Mädchen zu sehen, die 18 Jahre alt sein mochten. Die eine trug ihre dunklen Haare kurz geschnitten und mit viel Gel nach hinten gekämmt und blickte ernst in die Kamera. Die andere hatte niedliche blonde Löckchen und wirkte mit ihren Kulleraugen und dem Schmollmund wie ein Rauschgoldengel, der vom Christkind auf der Erde vergessen worden war.

»Sieht Tante Vera nicht aus wie ein kesser Vater? Mit einer süßen Braut an ihrer Seite?« Mein Frauchen kicherte. »Sie wären so ein hübsches Paar gewesen. Tante Vera war etwas – speziell. Sie hat nie einen Hehl aus ihrer Neigung gemacht. Trotzdem hat sie es nicht geschafft, ihre beste Freundin ans andere Ufer zu ziehen. Wie hieß sie noch gleich? Lena? Lore? Lilia? Ach, wie dumm, ich hab ihren Vornamen vergessen.«

Menschen waren kompliziert. Sie gebrauchten seltsame Ausdrücke, mit denen ich nichts verbinden konnte. Was verstand Joline unter einem »kessen Vater«?

Irritiert betrachtete ich die fragliche Aufnahme. Meine Mutter hatte mir erzählt, dass mein Papa ein lustiger

Draufgänger und nie um einen coolen Spruch verlegen gewesen war. Konnte man ihn als einen »kessen Vater« bezeichnen? Tante Vera war ein Mädchen. Warum wollte sie ihre Freundin beim Schwimmen abschleppen? Konnte der Rauschgoldengel sich nicht alleine über Wasser halten? Zogen sie ihre Flügel nach unten? Irgendetwas stimmte mit den Menschen nicht.

10. Kapitel:
◀ Hoch hinaus! ◀

Ich hing wie ein nasser Sack an einem Ast. Wenn ich nach unten schaute, wurde mir schwindlig. Vor Entsetzen schloss ich meine Augen. War das die göttliche Strafe für meinen Übermut? Wenn ich aus dieser Höhe heruntersprang, würde ich mir alle Knochen brechen. Wusste mein Frauchen, dass ich ausgebüxt war und in Lebensgefahr schwebte? Würde sie mich vermissen und nach mir suchen? Würde die Hilfe rechtzeitig kommen? Musste ich in dieser luftigen Höhe verhungern und verdursten?

Auf dem Balkon unseres Nachbarhauses stand Ben, rauchte seelenruhig eine Zigarette und ließ seinen Blick durch die Gegend schweifen. Konnte er mich hören und sehen? Oder war er tief in seinen Gedanken versunken? Wie konnte ich seine Aufmerksamkeit auf mich ziehen? Vielleicht sollte ich meine Stimme dramatisch in die Höhe schrauben?

Vor lauter Selbstmitleid stimmte ich ein Kriegsgeheul an. Weit oben in den Baumwipfeln hörte ich die Elstern laut über mich lachen. Die Drosseln glotzten mich triumphierend an, während sie die knallroten Früchte des Kirschbaums anpickten, der wenige Meter von meinem Ast entfernt war. Diese lästigen Vögel waren widerlich. Ich wollte ihnen mit der Pfote drohen, geriet aus dem Gleichgewicht und klammerte mich schnell mit allen verfügbaren Krallen an dem alten, brüchigen Holz fest.

Vielleicht hätte ich in der letzten Zeit nicht so viel von meinem Lieblingsfutter fressen sollen. Wenn der Ast bloß mein Gewicht hielt …

»Wo bist du, mein Liebling?«
Mir fiel ein Stein vom Herzen. Mein Frauchen war in der Nähe und suchte nach mir. Ich miaute kläglich. Endlich stand sie unter dem Pflaumenbaum, richtete ihren Blick in die Höhe und schaute mich entsetzt an. »Wie bist du dorthin geklettert? Komm sofort wieder runter.«
Diese Frage konnte ich ihr nicht beantworten. Ich hatte Anlauf genommen, ordentlich beschleunigt, einen Riesensatz gemacht und war irgendwie im Baum gelandet. Ganz weit oben. Keine Ahnung, wie ich das geschafft hatte. Ich hatte keinen Plan, wie ich alleine herunterklettern sollte. Dieser Baum war viel höher als mein Kratzbaum im Wohnzimmer.

Joline interpretierte meinen panischen Gesichtsausdruck richtig. »Du sitzt also fest?«

»Miau.«

»Du hast Angst vor dem Abstieg?«, folgerte Joline, und ich stimmte ihr zu. »Miau!«

»Dann muss ich hinterherkraxeln. Auf zur Baumkrone! Vielleicht sollte ich unseren Nachbarn bitten, uns mit dem Fernglas zu beobachten. Wenn ich den Abstieg nach einer halben Stunde nicht bewältigt habe, darf er die Feuerwehr alarmieren. Dann können sie uns beide retten.«

Joline musste laut lachen. »Allerdings wäre das eine Katastrophe. Ich sehe schon die Schlagzeile in unserem Lokalblättchen: Grundschullehrerin vom Baum gepflückt. Tu mir das nicht an, Belly. Dann bin ich in Lünen erledigt.« Ihre Worte machten mich nervös. Vielleicht sollte ich Ben um seine Hilfe bitten? Schließlich machte er einen durchtrainierten Eindruck. Wer ein schweres Motorrad beherrschte, sollte keine sportliche Herausforderung fürchten. Oh nein, Ben hatte den Balkon verlassen. Wo war unser Nachbar geblieben? Wer sollte uns in unserer Not beistehen?

Während ich mir mein Hirn zermarterte, ertönte ein fröhliches »Hallo, liebe Freunde!« vom Nachbargrundstück, gar nicht so weit von mir entfernt.
Vor lauter Schrecken hätte ich fast das Gleichgewicht verloren. Mit letzter Kraft krallte ich mich an meinem Ast fest. Dann sah ich Ben auf einer Leiter stehen und einen großen Eimer schwenken. Mäh! Hatte er einen verwegenen Plan geschmiedet? Sollte ich einen kühnen Sprung in dieses Behältnis wagen?
Während ich ernsthaft über dieses akrobatische Kunststück nachdachte, sah ich Ben einige reife Kirschen pflücken, die er von seinem Standort jenseits des Gartenzauns erreichen konnte. Ach nein, er wollte mir nicht zu Hilfe eilen,

sondern lieber mein Frauchen und mich ungestört in luftiger Höhe beobachten!

In der Zwischenzeit hatte Joline in die Hände gespuckt. Sie war nicht weit von meinem Aussichtspunkt entfernt und schien den gleichen Gedanken zu hegen. Wütend brüllte sie in seine Richtung: »Untersteh dich, mir auf den Hintern zu starren!«

»Eigentlich wollte ich dir meine Unterstützung bei einer dramatischen Rettungsaktion anbieten.« Das Grinsen auf seinem Gesicht wurde immer breiter.

»Wenn ich gründlich darüber nachdenke, sollte ich deinen Vorschlag aufgreifen. Dein knackiger Popo gefällt mir ziemlich gut. «

»Macho!«

Während Joline eine nicht stubenreine Verwünschung zischte, hangelte sie mit einer Hand nach mir. Nach mehreren vergeblichen Anläufen erwischte sie mich am Nacken, riss mir eine Menge Haare aus und zog mich zu sich. »Gleich haben wir es geschafft, Belly!«

»Mäh!«

»Stell dich nicht so an.«

»Miau!«

Ich sträubte mich aus Leibeskräften, weil ich nicht auf einen glücklichen Ausgang dieses Unternehmens vertraute. Von wilder Panik erfüllt, krallte ich mich in ihrem Shirt fest und schloss meine Augen, während sie sich vorsichtig nach unten gleiten ließ. Alles würde gut gehen. Ich durfte bloß nicht nach unten schauen.

Mit einem Plumps landeten wir auf der Erde, genauer gesagt: mitten in der Matsche. Wir sahen lustig aus. Mein weißes Fell war überall mit Dreck besprenkelt und mein Frauchen sah nicht schöner aus.

»Gut gemacht.«, zollte Ben uns Respekt.

»Du hast ja was drauf, Nelly.«

»Phhh …« Mein Frauchen rappelte sich auf und wischte sich mit der Hand durchs Gesicht. Nun hatte sie einen breiten Schmutzstreifen auf der Nase. Ben lachte laut. »Du siehst richtig cool aus. Als Asepto-Girl mag ich dich nicht besonders.«

»Du kannst dich auf den Kopf stellen, ich werde dich nie mögen.«

Hochmütig warf Joline ihren Kopf in den Nacken. »Du bist mir schlichtweg zu doof.«

»Aber nicht kriminell. Mundraub begehe ich nicht.«

Ben war nicht aus der Ruhe zu bringen. In Windeseile füllte er seinen Eimer und reichte ihn über den Zaun. »Frieden?«

Einen Moment lang hatte ich Angst, mein Frauchen würde ihm sein Geschenk an den Kopf werfen. Joline war klüger als ich dachte. Mit einem höflichen Nicken nahm sie das Geschenk entgegen. »Danke.«

Dann drehte sie ihm den Rücken zu, ließ mich auf ihre Schulter krabbeln und stiefelte steifbeinig zu unserem Haus zurück. Als wir die Terrasse erreicht hatten, raunte sie mir ins Ohr: »Weißt du, Belly, Ben haut manchmal sexistische Sprüche raus, die ich zum Kotzen finde. Dann zeigt er sich von seiner besten Seite und benimmt sich wie ein vollendeter Gentleman. Was soll ich von seinem Benehmen halten?«

Mäh! Auf diese Frage konnte ich ihr eine klare Antwort geben. Wenn meine Geschwister und ich uns gebalgt hatten, pflegte meine Katzenmama zu sagen: Was sich liebt, das neckt sich. Dann waren Ben und Joline auf einem guten Weg.

11. Kapitel:
🐾 Putzfrauen-Alarm! 🐾

Wenige Tage später wunderte ich mich über einen unerwarteten Besuch. Mit einem stoischen Gesichtsausdruck stand mein Frauchen in der Küche. Vor ihr hatte sich eine überkandidelte Fremde aufgebaut, die mit einem schweren russischen Akzent auf sie einsprach und wild mit ihren Händen in der Luft herumfuchtelte. Aus den wenigen Gesprächsfetzen, die ich verfolgen konnte, entnahm ich, dass die Fremde sich auf eine Anzeige von Joline im Lokalanzeiger als Putzfrau gemeldet hatte. »Ich bin die beste Kraft, die Sie bekommen können. Als Teamleiterin in einer Versicherung bin ich es gewohnt, perfekte Arbeit abzuliefern.«

»Sind Sie mit Ihrem Vollzeit-Job nicht ausgelastet?«

»Ich arbeite halbtags. Deshalb suche ich weitere Herausforderungen.«

Als Putzfrau? Meine Alarmglocken schrillten. Ich spürte instinktiv, dass man dieser Person nicht über den Weg trauen konnte. Ihre Stimme gellte falsch und schrill in meinen Ohren. Sie redete ohne Punkt und Komma und ließ mein Frauchen nicht zu Wort kommen. Diese Frau war genau der Typ Mensch, der dir ins Gesicht lächelte und hinter deinem Rücken die wildesten Lügengeschichten über dich verbreitete. Sie war eine falsche, verlogene Schlange, die Übles im Schilde führte. Meine Katzenmutter hatte mich vor bösen Menschen gewarnt, die naive, unschuldige Katzenkinder streichelten, in einen Sack steckten und hintorrücks ersäuften. Mit leisem Schaudern hatte ich mich gefragt, wie diese Menschen wohl aussehen würden. Nun wusste ich es. Dieser Frau hätte ich ein solches Verbrechen zugetraut. Mein Fell sträubte sich, und mein Schwanz peitschte nervös von links nach rechts. Es war höchste Zeit, dass ich meinem Frauchen zur Hilfe kam und diese Verbrecherin aus unserem Haus jagte.

Als ich ein warnendes »Miau« ertönen ließ, fuhr die Unbekannte herum und warf mir einen giftigen Blick zu. »Ach, von einer Katze haben Sie mir gar nichts erzählt.«
Ich erwiderte ihren eiskalten Blick, ohne mit der Wimper zu zucken. Bange machen galt nicht. Was sie drauf hatte, beherrschte ich schon lange. Aufreizend langsam ging sie in die Hocke und streckte ihre rot lackierten langen Krallen nach mir aus. Aus der Nähe betrachtet, sahen sie nach gefährlichen Waffen aus. Ha, meine waren schärfer. Schließlich hatte ich sie an den Bäumen in unserem Garten geschärft. Diese

Schlacht würde ich gewinnen. Selbstbewusst näherte ich mir der Fremden und nahm ihre Witterung auf. Der intensive Duft eines schwülstigen Parfüms haute mich fast von den Pfoten. Arbeitete diese Hexe etwa mit fiesen Tricks? Bevor ich ohnmächtig werden konnte, biss ich ihr kräftig in den Finger.

»Du blödes Vieh.«

Die Fremde schrie gellend auf und brüllte osteuropäisch klingende Beleidigungen. Ich verstand kein Wort, ahnte aber, was sie vorhatte. Mit einem schnellen Satz brachte ich mich in Sicherheit, bevor sie mich mit ihren Stöckelschuhen in die Flanken treten konnte.

»Brauchen Sie ein Pflaster?«

Mein Frauchen blieb ruhig und gelassen.

»Ich glaube, wir sollten diese Unterhaltung beenden. Sie mögen keine Katzen, und mein Kater mag Sie nicht. Deshalb schlage ich vor, dass Sie Ihr

Glück woanders versuchen. Auf Wiedersehen.«

Die Tussi zog ihren Minirock glatt, warf ihre platinblond gefärbte Lockenmähne in den Nacken und stolzierte auf ihren hohen Hacken zu unserer Haustür. Mein Frauchen folgte ihr mit gebührendem Abstand und blickte ihr kopfschüttelnd nach, während sie in einen japanischen Kleinwagen stieg. Ben stand vor seiner Mülltonne, hielt einen Plastikbeutel in der Hand und verfolgte den stolzen Abgang der Diva mit großem Interesse. Er pfiff leise durch die Zähne und sah mein Frauchen mit einem frechen Grinsen an. »Reicht dir deine mickrige Beamten-Besoldung nicht mehr? Willst du dich beruflich verändern? Hast du gerade ein Bewerbungsgespräch für einen privaten Puff geführt?«

Mein Frauchen lief rot an. Dann siegte ihr Sinn für Humor. »Ich weiß auch nicht, aus welchem Zoo diese Dame entsprungen ist. Als Putzfrau hab ich mir was Anderes vorgestellt.«

»Hast du eine Anzeige in unserem Lokalblättchen aufgegeben? Das erklärt alles. Manchmal melden sich die merkwürdigsten Gestalten.«

Mit diesen Worten ließ Ben seinen Müllbeutel in die Tonne plumpsen. »Vielleicht kann ich dir helfen. Wenn du erlaubst, höre ich mich in meinem Bekanntenkreis mal um. Ich kenne viele Menschen, die sich etwas Geld dazu verdienen wollen.«

»Danke.« Überrascht sah mein Frauchen ihn an. »Das wäre lieb von dir.«

»Kein Thema.«, lächelte Ben. »Ich komm die nächsten Tage mal rüber und geb dir Bescheid, wenn ich eine zuverlassige Putzfrau für dich gefunden habe. Okay?«

12. Kapitel:
❤ Augen zu und durchgewischt ❤

Unser neuer Nachbar hielt Wort. Zwei Tage später klingelte er Sturm an unserer Haustür. »Hi Joline, darf ich dir Anja Herzog vorstellen? Sie möchte sich um die freie Stelle bewerben.«

Mein Frauchen starrte Ben ungläubig an, sagte aber kein einziges Wort. Auch mir hatte es das Maunzen verschlagen. Ich wusste nicht, was ich von der jungen Frau an seiner Seite halten sollte. Auf den ersten Blick wirkte unsere neue Putzfrau etwas gewöhnungsbedürftig. Mit ihrer rot gefärbten wilden Mähne und den schwarz lackierten Fingernägeln war sie eine auffallende Erscheinung. Auch ihr Outfit war extravagant. Sie trug einen hautengen Overall aus schwarzem Leder, den sie mit klobigen Motorradstiefeln kombiniert hatte. In ihrer linken Hand baumelte ein Motorradhelm, in der rechten Hand hielt sie einen Rucksack aus schwarzem Leder. Anja ließ sich nicht aus dem Konzept bringen. Sie setzte den Rucksack ab, reichte meinem Frauchen ihre rechte Hand und sagte höflich: »Guten Abend, Frau Degenhardt. Nennen Sie mich ruhig Anja.«

Mein Frauchen erwiderte den Händedruck und ließ ihre Hand wieder los, als ob sie sich verbrannt hatte. »Hallo, Anja.

Sie möchten als Putzfrau arbeiten. Haben Sie praktische Erfahrungen?«

»Natürlich. In den letzten zwei Jahren habe ich die Wohnungen von zwei alten Damen in Schuss gehalten, bis sie in ein Seniorenheim umziehen mussten.«, erzählte Anja. »Sie haben mir Empfehlungsschreiben ausgestellt. Wenn Sie diese Unterlagen sehen möchten …«

Sie machte Anstalten, ihren Rucksack zu öffnen. Doch Joline winkte ab. »Schon gut. Was machen Sie beruflich?«

Garantiert nichts Seriöses. In den letzten Wochen hatte mein Frauchen schlimme Sendungen im Fernsehen verfolgt. Bei dem Anblick unseres Besuchs fielen mir zahllose Verbrechen ein, die von Frauen verübt worden waren. Hatte Anja eine kriminelle Vergangenheit? Welche Verbrechen mochte sie begangen haben? Ich tippte auf Drogendealerin, Einbrecherkönigin oder Gangsterbraut. Wahrscheinlich hatte sie in ihrem Rucksack eine Knarre versteckt, mit der sie harmlose

Menschen über den Haufen schießen wollte.

»Ich bin Studentin.« Anja schenkte uns ein süßes Lächeln. »Meine Wahl ist auf das Lehramt für die Primarstufe mit den Fächern Deutsch, Mathematik und Sport gefallen. Inzwischen bin ich im vierten Semester.«

Mir blieb die Spucke weg. Auch mein Frauchen sah aus, als ob sie künstlich beatmet werden müsste. »Oh. Sie sind eine angehende Kollegin ...«

Die kommende Generation von Schülern war zu beneiden. Anja würde neuen Schwung in die verstaubte Bude bringen.

»Anja ist ein fleißiges, tierliebes, zuverlässiges Mädchen. Ihr Vater und ich sind gute Freunde.«, ergänzte Ben. »Joline arbeitet an der hiesigen Grundschule. Sie ist eine kluge, patente Frau und kann dir sicher wertvolle Tipps geben.«

»Natürlich.«, sagte Joline ohne zu zögern. Ich warf ihr einen überraschten Blick zu. Ben schien genau den Nerv getroffen zu haben. »Dann lassen Sie uns gleich zur Sache kommen, Anja. Ihr Studium hat absolute Priorität. Wenn wichtige Prüfungen anstehen, können wir alle vereinbarten Termine verschieben. Wann können Sie anfangen?«

»Morgen früh, wenn Sie wollen. Am Wochenende muss ich nicht zur Universität fahren.«, antwortete Anja. »Wenn Sie meine Hilfe benötigen, kann ich hin und wieder mal werktags vorbeischauen. Ich habe bloß eine einzige Bitte.«

Joline stutzte. »Ja?«

»Darf ich Musik bei der Arbeit hören?«

»Natürlich.« Mein Frauchen nickte ihr freundlich zu. »Mit Musik goht alles besser. Wollen wir Samstagmorgen gegen zehn Uhr ausmachen? Dann bleibt Ihnen genügend Zeit für Ihre Hobbys.«

Anja war auf die Minute pünktlich. Mit einem verschmitzten Lächeln streifte sie sich einen Arbeitskittel über und schaltete ihre Lieblingsmusik ein. Wenige Sekunden später dröhnte Heavy Metal aus den Boxen, während Anja den

Refrain von »Highway to hell« trällerte und wie ein lebendiger Wischmopp durch das erste Zimmer fegte, um es zum Glänzen zu bringen.

Eigentlich wollte ich noch einige Jahre auf der Erde verbringen. Friedlich in meinem Kratzbaum, der im Rhythmus der lauten Musik ins Trudeln geriet und gefährlich hin und her schwankte. Mir stand das Fell zu Berge, aber mein Frauchen zuckte gleichmütig mit den Achseln. »Was man verspricht, muss man halten, Snowbell. Diesen Spruch bläue ich meinen Schülern ein.«

Ich wusste nicht, was ich von dieser Antwort halten sollte. Katzen regelten ihre Angelegenheiten unkomplizierter. Meine Mama hatte hart durchgegriffen, wenn ihr mein Benehmen nicht gepasst hatte. Kein Kitten durfte ihr auf der Nase herumtanzen. Dann fauchte sie böse – oder es setzte Hiebe. Was für Katzenkinder angemessen war, konnte für Menschenkinder nicht schädlich sein. Manchmal war mir mein Frauchen ein

Rätsel. Seufzend rollte ich mich zu einer Kugel zusammen und ergab mich in mein Schicksal. Irgendwann würde wieder Ruhe im Karton sein. Das Leben war kein Ponyhof. Diese Lektion hatte ich in meinem jungen Katzenleben gelernt.

»Wow!«

In einem Rekordtempo hatte Anja unser Haus zum Glänzen und mein Frauchen zum Strahlen gebracht. »Möchten Sie mit uns zu Mittag essen? Ich habe einen bunten Salat gemacht. Dazu gibt es frisches Baguette - und knackige Wiener Würstchen, wenn Sie mögen.«

»Eigentlich sollte ich mich zurückhalten.« Anja wirkte etwas unschlüssig. »Heute Morgen war ich mit meinen Eltern bei Pane d´Amare und hab mir ein feines Frühstück schmecken lassen. Ach, was soll's! Danke für die Einladung.«

Bereitwillig setzte sie sich an den gedeckten Tisch in der Küche. Während mein Frauchen ihr die Salatschüssel reichte, fragte sie neugierig: »Pane d´Amare? Was ist das?«

»Eine Drive-In Bäckerei. Hab ich zufällig entdeckt, als ich mal mit Ben auf einer Motorradtour war.«

Anja griff tüchtig zu. »Die Dinkelbrötchen sind der Knaller. Ben war ganz begeistert. Fahren Sie mal hin und probieren es aus.«

»Sind Sie häufig mit Ben zusammen?« Mein Frauchen sah aus wie ein lebendiges Fragezeichen, während sie sich ein Stückchen Baguette nahm und es in winzige Bröckchen zerbröselte. »Planen Sie viele gemeinsame Touren?«

»Ach, nein. Eigentlich ist Ben mit meinem Papa befreundet.«, erläuterte Anja und spießte mit ihrer Gabel eine Cherry-Tomate auf. »Harte Jungs bleiben lieber unter sich, wenn Sie verstehen, was ich meine.«

»Gehört Bens – äh – Mann zu Ihrer Clique?«

»Wer?«

»Dieser – Filmstar, der mit Ben abhängt.«

»Sprechen Sie von seinem Neffen?« Anja verschluckte sich fast vor Schrecken. »Er ist ein selbstverliebtes Möchtegern-Modell, das unbedingt ins Showbusiness will. Glauben Sie mir, er würde in jeder Trash-Sendung mitmachen, um seinen Bekanntheitsgrad zu steigern.«

»Sein Neffe?«, wiederholte Joline ungläubig, und Anja bekräftigte ihre Aussage: »Ja. Neulich hat er Ben angebettelt, ihn auf einer Harley Davidson abzulichten, weil er ein cooles Bild in seiner Sed-Card wollte. Dabei hat dieser Angeber höllische Angst vor schweren Maschinen. Er posiert nur auf dem Motorrad, seine Knochen riskiert er nicht. Alles ist Fake – und er ist eine echte Pussy!«

»Oh. Ben ist nicht …«

Mein Frauchen sah sehr zufrieden aus. Die Nachricht schien ihr zu gefallen. In dieser Stimmung war sie weich wie Butter. Deshalb hielt ich es für angebracht, unter dem Tisch zu schnorren. Die Wiener Würstchen sahen köstlich aus, und mein Magen knurrte ganz laut.

»Nö, Ben steht nur auf Frauen.« Anja schnappte sich ein Würstchen von ihrem Teller, rupfte es in kleine Stücke und schob sie mir ins Mäulchen. Ha, ich hatte mich nicht geirrt. Anja war eine reizende junge Frau. Sie wusste, was kleine Kater brauchten, und sie fackelte nicht lange. Wir würden uns gut verstehen. »Dafür lege ich meine Hand ins Feuer.«

»Sind Sie – haben Sie …«, stotterte Joline verlegen, und Anja lachte laut. »Nö. Ich hab keinen Vaterkomplex, sondern stehe auf gleichaltrige Typen, die mit mir mithalten können.«

Sie zog einen Flunsch. »Mir reicht es schon, dass alle Biker auf mich aufpassen wollen, wenn wir gemeinsam auf Tour gehen. Zwanzig Beschützer sind neunzehn zu viel.«

»Sind Sie als einzige Frau auf allen Ausflügen dabei? Oder handelt es sich um eine gemischte Gruppe? Fahren Männer und Frauen die gleichen Maschinen? Ist Motorradfahren eigentlich schwer?«

Die Fragen sprudelten aus meinem Frauchen heraus. Als sie es merkte, biss sie sich auf die Lippen und wurde knallrot. »Bitte nehmen Sie mir meine dummen Fragen nicht übel, Anja. Ich wollte Sie nicht ausfragen.«

»Machen Sie sich nicht ins Hemd, Frau Degenhardt. Ich freue mich über Ihr Interesse. Motorradfahren ist so geil. Diesen Sport müssen Sie ausprobieren. Soll ich Ben bitten, Sie auf eine Spritztour mitzunehmen? Dann können Sie sich Ihr eigenes Bild machen.«

Mit diesen Worten wandte Anja mir ihre Aufmerksamkeit zu, kraulte mich unter dem Kinn und streichelte sanft über mein Fell. »Ach, Snowbell ist so süß. Am liebsten möchte ich ihn mit nach Hause nehmen!«

Ich schnurrte begeistert und himmelte unsere neue Freundin an, die mich mit ihrem verwegenen Look verzaubert hatte. Anja war sexy, wild und gefährlich. Sie stand für Abenteuer und Freiheit, während Joline den bodenständigen, konservativen Typus verkörperte. Wenn ich nicht ein treuer Kater gewesen wäre – dieser Frau hätte ich einfach nicht widerstehen können.

13. Kapitel:
🐾 Dosenkavalier 🐾

Mit Anja hatten wir einen guten Fang gemacht. Sie wirbelte nicht nur Staub auf, sondern brachte Leben in die Bude. Mein Frauchen hielt es für angemessen, unseren hilfsbereiten Nachbarn am nächsten Freitagabend zum Abendessen einzuladen. Ben war auf die Minute pünktlich. Auch wenn er sich nicht für diesen Anlass herausgeputzt hatte, sah er auf eine lässige Art gut aus. Sanft hauchte er meinem Frauchen einen Kuss auf die Wange. »Guten Abend, Joline. Ich freue mich sehr. Nicht nur weil es so herrlich duftet.«

»Hat dich der Hunger hergetrieben?«

In den Augen von Joline blitzte der Schalk. »Wie steht es mit deinen

Kochkünsten? Bist du ein Held am Herd oder setzt du auf Convenience Food?«

»Glaubst du ernsthaft, dass ich mich von Dosenfutter ernähre?«

»Ich habe keine Ahnung.« Gleichmütig zuckte sie mit den Achseln. »Bisher hab ich dich nur als Grillmeister auf der Einweihungsparty erlebt.«

»Hast du so 'n bisschen geschnüffelt?«

»Nein, hab ich nicht. Der Grillspaß war nicht zu überriechen.«, verteidigte sich mein Frauchen. »Übersehen konnte ich deine Gäste nicht. Sie sind etwas – speziell.«

»Ein harter Rocker mit einer Pulle Bier in der Hand ist nichts für eine zart besaitete Frau.«, konterte Ben. »Du wirst es nicht glauben, aber ich bin kultiviert. Ich verstehe sogar etwas von Wein und kaufe nicht nur die billigen Flaschen mit dem Drehverschluss aus unserem Supermarkt.« Wie zur Bestätigung stellte er eine aufwendig verpackte Flasche Weißwein auf den Tisch, die aus einem exklusiven Fachgeschäft stammte. »Hier ist ein kleines Mitbringsel für meine feine Nachbarin. Ich danke dir für die Einladung. Auf einen schönen Abend.«

Das Abendessen ging ohne größere Probleme über die Bühne, auch wenn unser Nachbar mein Frauchen mit einem merkwürdigen Gesichtsausdruck ansah, als er die Qualität der angebotenen Speisen kommentierte: »Die Suppe schmeckt etwas - pikant. Dafür sind deine Käseplätzchen köstlich.«
Mein Schnurrbart zuckte vor Aufregung. Ich hätte zur Auflösung des Falles beitragen können. Aus gegebenem Anlass war mein Frauchen etwas nervös gewesen und hatte Curry mit Zimt verwechselt. Doch ich war kein Kameradenschwein und verriet kein Sterbenswörtchen.
»Danke schön. Ich hole rasch den nächsten Gang.«
Mit einem glückseligen Lächeln auf den Lippen erhob sich Joline und machte Anstalten, das benutzte Geschirr abzuräumen. Ben legte ihr die Hand um die Taille und zog sie näher zu sich.

114

»Bleib bitte sitzen. Es ist gerade so gemütlich.«, bat er sie. »Erzähl mir ein bisschen mehr von dir. Ich weiß ja fast gar nichts. Was magst du für Musik, Joline?«

»Klassik. Ich liebe Brahms, Liszt, Schubert.«, antwortete sie. »Und du? Gehst du ins Konzerthaus?«

»Nee, wenn es nicht unbedingt sein muss, kneife ich lieber.«, gestand er. »Ich werfe mich nicht so gern in Schale.«

»Also – Heavy Metal?«, seufzte Joline tief, und Ben schmunzelte. »Einigen wir uns auf guten Rock?«

»In Ordnung. Rock n' Roll geht immer.« Mein Frauchen zog eine Schnute, setzte sich auf ihren Platz und trank einen Schluck Wein. »Was bist du für ein Sternzeichen?«

»Waage. Mein Geburtstag ist am 30. September.«

»Ich hätte es mir denken können. Du bist auf Ausgleich bedacht.«

»Kann sein.« Ben sah sie ernst an, »Und du?«

»Löwe.«

»Das passt.«, meinte Ben. »Brüllen kannst du hervorragend. Wann hast du Geburtstag?«

»Am 28. Juli.«

»In zwei Wochen?«

Ben runzelte die Stirn und warf mir einen auffordernden Blick zu. »Dann müssen Snowbell und ich eine kleine Überraschung für dich vorbereiten.«

Ich schnurrte zustimmend. An mir sollte es nicht liegen. Vielleicht würde ich einen bunten Schmetterling für Joline fangen oder eine hübsche Blume aus unserem Garten ausbuddeln und in ihr Bett legen. Wenn es sie glücklich machte, war ich zu jeder Schandtat bereit.

»Er scheint jedes Wort zu verstehen.«, lächelte Joline stolz, während ich mich liebevoll an ihren Beinen rieb.

»Warum nicht? Schließlich ist er ein kluges Tier.« Ben sah ihr tief in die Augen. »Wenn du mich fragst, passt Snowbell perfekt zu dir. Katzen sind das Lieblingshaustier für kultivierte

Menschen. Angeblich sollen Katzenmenschen mehr als andere einen Hang zu Ästhetik, Kunst, Design und Büchern besitzen.«

»Wer sagt das?«, wollte Joline wissen, und Ben antwortete: »Gavin Green, ein amerikanischer Fotograf. Joline, verrate mir: Warum hast du dich für eine kapriziöse Katze entschieden?«

»Weil sie ihren eigenen Kopf hat.«, antwortete Joline wie aus der Pistole geschossen. »Weil sie nicht devot ist und niemals zu Kreuze kriecht.«

»Ich hätte es mir denken können. Du lässt dir nicht gern was sagen, Joline?«

Joline schien sich unbehaglich zu fühlen. »Muss ich dir antworten?«

»Natürlich nicht. Das ist kein Verhör. Du bist mir keine Rechenschaft schuldig.« Nachdenklich beugte er sich zu mir und ließ seine Hand über mein seidenweiches Fell gleiten. »Sag mal, glaubst du nicht, dass sich Snowbell einsam fühlen könnte?«

»Nein. Katzen sind die geborenen Einzelgänger.«, antwortete sie. »Außerdem ist Snowbell nicht allein. Wir zwei sind ein gutes Team.«

»Das halte ich für ein Gerücht. Katzen brauchen Artgenossen, gerade wenn sie keinen geregelten Freigang haben. Legst du dich auf den Boden und raufst mit ihm, was das Zeug hält? Kletterst du mit ihm auf Bäume und jagst ihm hinterher?«

Er hielt inne und lachte laut. »Doch, das tust du. Ich hab es mit meinen eigenen Augen gesehen. Es war ein Bild für die Götter. Schade, dass ich mein Handy nicht in der Tasche hatte und ein Foto zur Erinnerung schießen konnte.«

Joline verdrehte die Augen, und er fuhr fort: »Ach, Joline, du stehst schon unter dem Pantoffel deines Perserkaters. Du liest Snowbell alle Wünsche von seinem süßen Schnurrbart ab. Kein Wunder, dass er dich in sein kleines Herzchen geschlossen hat. Ach, Snowbell, du hast einen ausgezeichneten

Geschmack. Du bist eine ganz Liebe, Joline.«

Verlegen strich Joline sich eine lose Haarsträhne, die sich aus ihrem Zopf gelöst hatte, hinters Ohr. »Ich muss die gefüllten Zucchini mit Ricotta und Schinken aus dem Backofen holen.«

»Dann erlaube mir, dass ich meine guten Manieren unter Beweis stelle.« Selbstbewusst stemmte Ben sich in die Höhe und räumte routiniert das benutzte Geschirr zusammen. »Beim Abwaschen werde ich dich genauso unterstützen. Die feinen Kristallgläser dürfen nicht in den Geschirrspüler, das hat mir meine Mutter beigebracht. Selbst Machos wie ich hatten eine gute Kinderstube.«

14. Kapitel:
🖤 Mit dem Virus infiziert 🖤

Frauen liebten spontane Einkäufe im Internet. Wenn die bestellte Ware geliefert wurde, drehten sie völlig durch und schrien aus voller Kehle. Sie benahmen sich wie bemitleidenswerte

119

Geistesgestörte, die man unmöglich ernst nehmen konnte. Ihr Gehirn schien für längere Zeit komplett außer Betrieb zu sein. Das hatte ich zumindest im Fernsehen gesehen. Mir war nicht wohl bei dem Gedanken daran, was mein Frauchen im Fall der Fälle anstellen würde. Doch sie bildete eine lobenswerte Ausnahme. Als es an unserer Haustür klingelte, blieb sie ruhig und gelassen und plauderte mehrere Minuten mit unserem Postboten, bevor sie mit leuchtenden Augen und einem kleinen Päckchen unter dem Arm wieder in die Küche zurückkehrte.

»Snowbell, rate mal, was in diesem Karton ist?«
Keine Ahnung. Hoffentlich etwas Gutes. Vielleicht hatte sie eine Spielzeugmaus für mich bestellt? Sofort sprang ich auf den Küchentisch und schaute neugierig zu, wie sie die Klebestreifen mit einem scharfen Messer zerfetzte und eine Menge Papier aus dem Paket entfernte.

»Tata!«

Vor Enttäuschung fiel mir fast die Kinnlade runter. Was auch immer ich erwartet haben mochte, es war garantiert nicht das, was ich vor mir stehen sah. Ziemlich klobige Halbstiefel aus schwarzem Rindsleder, die mit einem Reißverschluss und diversen Verzierungen aufgemotzt worden waren. Also: sexy sah für mich definitiv anders aus. Mit diesen Tretern würde Joline bei den Männern garantiert nicht punkten können.

Mein Frauchen schien eine andere Meinung zu vertreten. Verzückt streichelte sie über das Leder und begutachtete die Stiefelette von allen Seiten. Interessiert sperrte ich die Augen auf. Auf der Rückseite prangte ein fettes Label: Harley Davidson. Auf einmal war mir alles klar.
»Wie findest du sie, Snowbell?«
Joline probierte ihre neuen Schuhe an, nahm mich auf ihren Arm und drehte sich

mit mir im Kreis. »Sehe ich schick aus? Lässig? Cool?«

Was sollte ich dazu sagen? Warum hatte sie eine Menge Kohle für doofe Markenschuhe rausgehauen, die sie garantiert nicht benötigte? Was ging in ihrem hübschen Köpfchen vor? Würde sie sich demnächst ein komplettes Outfit von Harley Davidson kaufen? Hatte sie sich mit dem gefährlichen Virus infiziert? Träumte sie von einer eigenen Maschine? Oder wollte sie nur unseren liebenswürdigen Nachbarn beeindrucken, der ihr von seiner Liebe zum Motorradfahren erzählt hatte? Oder mit der süßen Anja gleichziehen, die in ihrem knallengen Lederoverall eine gute Figur machte? Letzten Endes spielte es keine Rolle für mich. Ich brauchte keine Schuhe. Schließlich hatte ich gesunde Pfoten, auf denen ich sicher durch das Leben kommen konnte. Aber der Karton war klasse! Temperamentvoll sprang ich hinein und schlitterte über den Tisch. Jipiiie!

15. Kapitel:

🥂 Rockerbraut 🥂

Eine Woche später war Modenschau im Schlafzimmer angesagt. Mein Frauchen stolzierte vor dem Kleiderschrank hin und her. »Und? Wie findest du mein neues Outfit?«

»Etwas eng.«, kritisierte Melissa. »Meinst du nicht auch?«

»Ein Lederoverall muss auf Figur getragen werden. Er soll wie eine zweite Haut sitzen. Ich kann dieses Modell tragen, hat die Verkäuferin in Kamen gesagt.«

»Hätte ich an ihrer Stelle auch behauptet. Wahrscheinlich war dieser extravagante lackschwarze Lederoverall ein Ladenhüter. Für mich sieht dieses Modell aus wie eine Wurstpelle. Joline im Schlafrock!«

Vor Lachen wälzte sich Melissa in unserem Himmelbett. »Dein Outfit ist mindestens eine Nummer zu klein, Nelly. Aber einen geilen Arsch hast du. Alle

Achtung! Trotzdem musst du unbedingt abnehmen. Sonst gibt es einen lauten Knall, und der teure Overall fliegt dir um die Ohren. Wann hast du das letzte Mal Sport getrieben?«

»Ähm …«

»Also ich gehe zweimal die Woche ins Fitness-Studio. Sonst würde ich nicht in Kleidergröße 36 passen.«, fuhr Melissa fort. »Meinen Personal Trainer kann ich dir wärmstens empfehlen.«

»Vergiss es.« Joline machte ein finsteres Gesicht. »Für einen grausamen Folterknecht haue ich nicht mein schwer verdientes Geld raus.«

»Es ist deine freie Entscheidung, Nelly. Wenn du willst, kannst du auf eigene Faust trainieren.« Melissa ließ sich auf keine Diskussionen ein. »Nach einer kurzen Einweisung darfst du alle Geräte im Fitness-Studio benutzen. Außerdem kannst du Kurse belegen, die dich interessieren. Bodybalance oder Power Pilates sind der Hammer.«

»Kollektives Schwitzen ist nicht mein Ding.«, maulte Joline, aber Melissa ließ nicht locker. »Dafür individuelles Naschen?«

»Frischluft soll gut für die Gesundheit sein.«, überlegte Joline. »Joggen macht mir Spaß. Eine schöne Strecke liegt vor meiner Haustür. Ab morgen drehe ich meine Runden in unserem Seepark.«

»Wer's glaubt, wird selig.«, kicherte Melissa. »Überrasche mich, Nelly. Fang heute an.«

»Blöde Kuh!«, zischte mein Frauchen. Missbilligend legte ich mein Köpfchen schief. Diese Ausdrucksweise kannte ich nicht von ihr. Melissa blieb locker. »Du musst deinen inneren Schweinehund überwinden, Nelly. Heute ist der perfekte Tag, um über deinen Schatten zu springen. Fang mit fünf Minuten an und steigere dich langsam. Du hast die tollste Joggingstrecke vor der Tür. Einmal um den See – atemlos durch Horstmar …«

Sie verdrehte die Augen. »Hoffentlich ist dein Nachbar gut im Bott. Richtig gut. Ein Langstreckenläufer wäre optimal. Oder ein Triathlet, der keine Anstrengungen scheut. Im Bett kann man noch mehr Kalorien verbrennen - und es macht zu zweit viel mehr Spaß …«

»Du bist ordinär!«

Mein Frauchen nahm ein Paradekissen vom Bett und warf es ihr an den Kopf. Melissa schleuderte es sofort zurück.

»Ha, ich bin wenigstens ehrlich. Ich spreche nur das aus, wovon du träumst, Nelly!«

Das Kissen traf mich am Kopf. Ich ging auf Nummer sicher und stürmte aus dem Schlafzimmer. Durchgeknallte Frauen im besten Alter, die auf alberne Teenager machten, waren zum Fürchten.

16. Kapitel:
🐾 Schweinehunde und Muskelkater 🐾

Offensichtlich gab es Haustiere, die unsichtbar waren. Mein Frauchen trug einen Jogginganzug, zog sich ihre Turnschuhe an und murmelte etwas von einem Schweinehund, gegen den sie ankämpfen müsste. Verblüfft schaute ich mich um. Bisher hatte ich geglaubt, das einzige Tier in unserem Haus zu sein. Wo mochte sich ein anderes verborgen halten? Wie war es in die Villa Katzenglück hineingelangt, ohne dass ich etwas davon mitbekommen hatte?

Für Hunde hatte ich nichts übrig. In meinen Augen waren diese Haustiere ein biologischer Irrtum. Sie waren alberne willenlose Kläffer, die ständig ihrem Herrchen oder Frauchen an der Backe klebten und sich auf Kommando zum Hanswurst degradieren ließen. Hol's Stöckchen! Sitz! Platz! Jede Katze, die nur einen Funken Stolz im Leib hatte, würde sich vor Lachen kreischend auf der Erde wälzen, wenn man sie mit diesen Wünschen behelligen würde. Hunde waren die geborenen Untertanen. Schweinehunde mussten eine schlimme Steigerung dieser Gattung sein.

»Du hast es gut, Snowbell.«, sagte mein Frauchen neidisch. »Du siehst klasse aus. Du hast kein Gramm zu viel auf den Rippen.«

Mitfühlend stupste ich sie mit der Pfote am Knie und gönnte ihr einen treuherzigen Augenaufschlag. Mein gutes Aussehen verdankte ich einer gesunden Ernährung. Um gefährliche Kalorienbomben wie Pralinen, Schokolade und Eiscreme machte ich einen weiten Bogen. Stattdessen bevorzugte ich Trockenfutter und trank ausschließlich Wasser. Außerdem fegte ich pausenlos auf meinen Pfötchen durch Haus und Garten, während mein Frauchen lieber ihr Auto benutzte, um ihre Einkäufe zu erledigen. Cat on the run. Vielleicht sollte sie sich von meinem guten Vorbild inspirieren lassen?

»Also, ich werde mal eine Runde um den Park drehen.«

Mein Frauchen warf mir eine Kusshand zu. »Mal schauen, wer mehr drauf hat, der Schweinehund oder ich. Wenn ich nachher vor Muskelkater nicht mehr laufen kann, musst du mich stützen und mir das Badewasser einlassen.«

Verwirrt starrte ich ihr nach. Ihre Worte gaben mir immer mehr Rätsel auf. Ein Muskelkater? Wer sollte das sein? Ein Kraftprotz aus der Nachbarschaft, wie ich ihn in unserem Garten gesehen hatte? Warum sollte er sie am Laufen hindern? Würde er ihr in die Hacken beißen? Oder sich mit ihrem Schweinehund anlegen? Würde er sich eine wilde Klopperei mit ihm auf der Joggingstrecke liefern, damit Joline nicht vorwärtskam?

Eins stand für mich bombenfest. Weder Schweinehund noch Muskelkater würden sich für ein heißes Wannenbad erwärmen können. Sie würden einen weiten Bogen um den Whirlpool machen. Schließlich waren die meisten Hunde und Katzen wasserscheu. In diesem Punkt war ich mir sicher. Hundertprozentig!

17. Kapitel:

❦ Der schönste Tag im Leben ❦

Der große Tag war gekommen. Mein Frauchen hatte Geburtstag. Wie alt sie wurde, wusste ich nicht. Melissa und Jana, die gegen siebzehn Uhr zum Ständchen singen und Abküssen vorbeigekommen waren, vermieden es tunlichst, dieses leidige Thema anzuschneiden. Solidarität unter Frauen - ich hätte es mir denken können. Stattdessen sprachen die besten Freundinnen meines Frauchens nur davon, dass Joline eine attraktive Frau wäre, die sich auf die besten Jahre ihres Lebens freuen dürfte. Dann überreichten sie ihr eine kitschig-rosafarbene Marzipantorte, auf der viele bunte Wunderkerzen prangten.

Ich fand die Barbie-Kreation genauso doof wie Jana und Melissa, aber mein Frauchen schien sich über ihr Geschenk zu freuen und fiel ihnen dankbar um den Hals. Dann knallte ein Sektkorken und die drei Freundinnen stießen auf ein glückliches neues Lebensjahr an. Alkohol musste etwas Schönes sein, auch wenn ich diese Leidenschaft nicht teilen konnte.

Eine Viertelstunde später klingelte es an der Tür.

»Wer mag das sein?«, wunderte sich mein Frauchen. »Ich erwarte keinen Besuch. Um neunzehn Uhr hab ich einen Tisch im Bella Italia bestellt.«

»Beim besten Italiener der Stadt.« Jana stöhnte. »Gut, dass ich in der letzten Woche auf Detox gesetzt habe.«

»Eine Hungerkur hast du nicht nötig!« Ungläubig schüttelte Joline ihren Kopf. »Du trägst höchstens Größe 36…«

»34.«, verbesserte Jana, und Joline jaulte auf. »Bist du krank? Hast du Magersucht?«

»Quatscht keine Opern. Jeder Mensch soll nach seiner Facon glücklich werden.«, mischte sich Melissa ein. »Mach lieber die Tür auf, dann weißt du's.«

Endlich mal ein vernünftiges Wort von Melissa. Von der intelligenten Seite kannte ich sie gar nicht. Mein Frauchen kam der Aufforderung nach und ging zur Haustür. Ich folgte ihr unauffällig. Mit den zwei wilden Hühnern wollte ich nicht alleine sein. Außerdem war es meine Pflicht, nach dem Rechten zu sehen – und nach dem Linken.

»Anja! Ben! Wie schön, euch zu sehen!« Freudestrahlend fiel Joline unseren neuen Bekannten um den Hals und küsste sie lebhaft auf die Wangen. »Kommt doch rein!«

»Herzlichen Glückwunsch, Frau Degenhardt!« Anja überreichte meinem Frauchen einen auffällig gestalteten Sturzhelm. »Ich wünsche eine gute Fahrt ins neue Lebensjahr!«

»Aber …« stammelte mein Frauchen.

»Bitte nicht schimpfen. Mein Taschengeld hab ich nicht auf den Kopf gehauen!«, versicherte Anja. »Dieser Sturzhelm ist gebraucht, aber tadellos in Schuss. Vor einigen Wochen hat mein

Vater mir ein neues Modell geschenkt, und dieses alte Schätzchen lag bei mir rum. Ich bin mir sicher, dass Sie ihn gebrauchen können. Setzen Sie ihn mal auf! Oh, Helm steht Ihnen gut!«

»Ganz meine Meinung. Auf unserer nächsten Tour nehmen wir Joline mit.« Ben nickte beifällig und drückte meinem Frauchen einen Umschlag in die Hand. »Was hältst du von zwei Eintrittskarten für den Rosenkavalier? Ich kann auch Klassik, wenn es unbedingt sein muss.«
»Das ist der schönste Tag in meinem Leben.«
Tief bewegt setzte Joline ihren Helm wieder ab und fing an zu heulen. Ich verdrehte die Augen. Von dieser sentimentalen Seite kannte ich sie nicht. Es lief doch alles perfekt. Sie hatte schon eine tolle Ausrüstung, bestehend aus Overall, Stiefeln und Sturzhelm, bekommen. Und der passende Beyleiter für eine wilde Fahrt durchs Leben machte Augen wie ein verliebter Kater.

»Na, na!«, knurrte Ben. »Stell das Wasser mal ab, sonst gibt es ne Überschwemmung. Was sollen deine Freundinnen von uns denken?«

»Ja, was wohl?«

Melissa hatte sich – mit einem Sektkelch in der Hand – in die Diele gepirscht und musterte Ben von oben bis unten. »Schick, schick.«

»Meinst du meine Begleitung oder mich?«

»Herzlich willkommen.« Melissas Augen verzogen sich zu schmalen Schlitzen. Sie zeigte den Charme einer Gefriertruhe, als sie Anja mit einem kühlen Lächeln bedachte. »Fühlt euch wie zu Hause.«

»Danke!«

Anja ließ sich nicht provozieren, nahm mich auf ihren Arm und knuddelte mich hingebungsvoll. »Was haben Sie von Snowbell bekommen, Frau Degenhardt? Lassen Sie mich raten: Ein Schmusestündchen vor dem Aufstehen?«

»Genau. Er hat mich eine halbe Stunde früher geweckt, um halb sechs.«

Mein Frauchen hatte ihr seelisches Gleichgewicht wiedergefunden. »Als Zeichen seiner Liebe hat er seine Lieblingsspielzeugmaus in meinen Pantoffeln versteckt.«

»Wahrscheinlich war sie angesabbert.«, mutmaßte Melissa. »Hauptsache, keine Echte! Oder eine Tote unter dem Bett. Ich weiß nicht, was ich schlimmer finden würde.«

Angeekelt schüttelte Melissa sich und kehrte wieder ins Wohnzimmer zurück.

»Jana, Süße, rat mal, wer hier ist! Wir haben einen Hahn im Korb!«

Ben kraulte mich unter dem Kinn und flüsterte mir ins Ohr. »Melissa hat eine schöne Kehrseite. Von hinten seh ich sie am liebsten. Ist Jana genauso schräg drauf?«

Na klar, Kumpel. Verschwörerisch kniff ich ihm ein Auge zu. Unsere wilden Hühner sind harte Brocken. Aber wir lassen uns nicht unterkriegen. Schließlich sind wir Männer.

18. Kapitel:
◗ On the road … ◗

Ben war härter im Nehmen, als ich geglaubt hatte. Er hatte nicht nur eine ausgelassene Geburtstagsfeier mit den zwei trinkfesten besten Freundinnen meines Frauchens überstanden, ohne bleibende Schäden für seine Gesundheit davonzutragen. Nein, er war sogar bereit gewesen, sein großmütiges Versprechen einzulösen und Joline zu einer Bikerbraut zu machen. Am nächsten Sonntagmorgen kreuzte er in wilder Biker-Montur in unserem Haus auf, um mein Frauchen auf eine Tour mitzunehmen. Natürlich hatten weder Ben noch Joline an mich gedacht. Während sie sich zusammen amüsieren wollten, sollte ich vor Langeweile eingehen. Schlecht gelaunt musste ich zusehen, wie mein Frauchen sich freudestrahlend den Sturzhelm auf ihren Kopf stülpte, sich demonstrativ an seinen Arm hängte und todesmutig auf die schwere Maschine zustapfte. Weder Ben noch Joline hatten mehr als einen flüchtigen Abschiedsgruß für mich übrig, den ich trotz meiner ausgezeichneten Ohren nicht einmal klar verstehen konnte. Ihre Stimmen klangen so merkwürdig verzerrt unter der Klappe.

Missgelaunt bezog ich Position am Küchenfenster und beobachtete das Geschehen auf der Straße. Wenn ich nicht so tief in meiner Eitelkeit gekränkt gewesen wäre, hätte ich mein Frauchen auf einen kleinen Schönheitsfehler aufmerksam gemacht. Sie hatte den Reißverschluss ihres Overalls nicht ordentlich zugezogen. Er gestattete tiefe Einblicke in eine Zone, die mir als dem einzigen Mann im Haus vorbehalten sein sollte. So konnte man doch nicht vor die Tür gehen. Was sollten die Nachbarn denken? Frau Lehrerin als heiße Bikerbraut? Ben schien sich nicht um ihren guten Ruf zu sorgen. Er forderte sie nachdrücklich auf, sich eng an ihn zu klammern, wenn er Gas geben würde. Mein Frauchen sah aus, als ob sie mehr als einverstanden war. Sie wähnte sich am Ziel ihrer Träume. Toll!

Pünktlich zum Abendbrot war mein Frauchen zurück. Ich empfing sie mit vorwurfsvollem Miauen, aber sie hatte keinen Blick für mich, sondern schleppte sich stöhnend ins Wohnzimmer und riss sich ihre schweren Stiefel von den Füßen. »Mir tut alles weh! Ich sterbe! Nein, ich bin schon tot!« Trotz des Exitus war sie in der Lage, sich das Telefon zu schnappen und mit ihrer besten Freundin Jana die Ereignisse des Tages durchzuhecheln. Ich hüpfte auf ihren Schoß und machte es mir bequem. Die Story wollte ich hören. »Wie schön, dass du wieder gesund zu Hause angekommen bist, Nelly! Motorradfahren ist gefährlich. Mir fällt ein Stein vom Herzen.« quakte Jana durch den Hörer. »Wohin seid ihr überhaupt gefahren?«

»Zunächst zu einem Bekannten von Ben. Von dort aus ging es mit der ganzen Truppe zum Lakeside Inn nach Haltern. Das ist ein amerikanisches Restaurant.«

»Glaub mir, diese Location werde ich niemals in meinem Leben vergessen.«, kicherte Jana. »Vor einigen Jahren wollte mich ein Lover mit einer romantischen Bootsfahrt auf der Stever beeindrucken. Leider hat er seinen Autoschlüssel im Wasser versenkt, als er auf dem Steg gestolpert ist. Sein Bruder hat ihm versprochen, zu seiner Mutter zu fahren und den Ersatzschlüssel zu holen. Leider hat unser Retter drei Stunden auf sich warten lassen. Deshalb sind wir ins Lakeside Inn gegangen, um uns mit kühlen Getränken zu versorgen.«

»Hast du das Essen von der Karte probiert?«, erkundigte sich mein Frauchen. »Ich hatte einen Crispy Chicken Burger mit Pommes frites und fand mein Menü ziemlich lecker.«

»Fast Food? Hast du nen Knall?«, fauchte Jana in den Hörer. »Diese

Gerichte sind ungesund. Außerdem machen sie fett.«

»Weiß ich doch.«

Joline klang kleinlaut, und Jana lenkte ein. »Erzähl mir lieber von Bens Freunden. Wie waren sie drauf?«

»Seine Kumpel waren sehr freundlich. Leider hat mich eine Bikerin gleich von der Seite angemacht. Sie hat sich an Ben rangepirscht und ihm die Hände auf die Schultern gelegt, während wir draußen in der Sonne relaxt haben.«

»Was hat sie gesagt?«

»Sie hat Ben gefragt, wer ich wäre. Ob er den Neuzugang in der Clique nicht mal vorstellen wollte. Er blieb cool und sagte: ›Das ist Joline. Meine neue Nachbarin.‹ Daraufhin hat sie mich gönnerhaft angesehen und mir verbal eine Ohrfeige verpasst: ›Ach ja, ich erinnere mich. Sie sind die Intellektuelle mit den zwei linken Händen. Machen Sie mal den Motorradführerschein und lernen was fürs praktische Leben.‹«

»Unverschämt!«, regte sich Jana auf, und ich stimmte ihr aus vollem Herzen zu. »Was bildet sich diese Zicke ein?«

»Anja hat mir unter vier Augen verraten, dass sie mal mit Ben zusammen war und stinkig wird, wenn sie ihn mit anderen Frauen sieht.«, berichtete Joline. »Wortwörtlich hat Anja gesagt: ›Sie ist eine Zahnarzthelferin aus Dortmund und hat's nicht im Kopf, sondern in der Bluse.‹«

»Ha! Wie sah seine Verflossene aus?«

»Sie ist ein burschikoser, sportlich-durchtrainierter Typ mit kurzgeschnittenen platinblond gefärbten Haaren. Natürlich hat sie zwei Beulen an der richtigen Stelle und nen runden Knackarsch.«

»Mach dir nichts draus. Dein Nachbar ist ein begehrter Artikel.«, tröstete Jana. »Lieber ein cooler Typ als ein Couch-Potatoe. Seid ihr euch nähergekommen?«

»Jein. Ich habe zwar Klammeräffchen gespielt, aber ansonsten lief gar nichts. Stell dir vor, ich hab noch nicht mal ein Küsschen zum Abschied bekommen.«

Die Enttäuschung war meinem Frauchen anzumerken. »Entweder ist er schüchtern – oder er steht nicht auf mich. Ich kann mit seinen Freundinnen nicht konkurrieren.«

»Ach was, stell dein Licht nicht unter den Scheffel. Mit der arroganten Zahnputzfee kannst du es allemal aufnehmen. Ben steht auf dich, sonst hätte er dich nicht auf sein Motorrad gesetzt und seinen Freunden vorgestellt.«

»Vielleicht hätte ich mir die Aktion sparen und bei meinem Liebling bleiben sollen.« Mein Frauchen kraulte mich unter dem Kinn. »Ich bin für diese Abenteuer zu alt. Du wirst es nicht glauben, aber ich merke jeden Knochen im Leibe. Mein Hintern tut weh!«

»Weil du keinen Sport treibst.«, lachte Jana. »Hör auf zu lamentieren, Nelly. Denk dran, du machst alles für dich, nichts für andere. Wenn sich eine Tür schließt, öffnen sich zwei neue. Vielleicht hat Ben tolle Kumpel, die dich näher kennenlernen möchten? Wie wäre es mit ner Party in deinem Garten? Melissa und ich bringen Salate mit und helfen bei allen Vorbereitungen. Du wirst gar keine Arbeit haben. Heiliges Ehrenwort! Denk mal an uns, wir brauchen Frischfleisch. Harte Jungs fehlen in unserer Sammlung …«

Mein Frauchen kicherte, während ich nach Luft schnappte. Diese wilden Hühner waren eine Nummer zu groß für mich!

19. Kapitel:
🐾 Küss mich, bitte, bitte, küss mich … 🐾

Nach der Spritztour nach Haltern nahm Joline einen zweiten Anlauf und lud Ben ein, ihren >Rosenkavalier< zu spielen und sie in das klassische Konzert zu begleiten. Sie setzte alles auf eine Karte. Vormittags marschierte sie entschlossen zum Friseur und kam mit kastanienbraun schimmernden aufgesteckten Locken und einem perfekten Make-up zurück. Abends schlüpfte sie in ein Cocktailkleid und schwarze Pumps und besprühte sich mit einem Parfüm, das nach Maiglöckchen duftete. Erwartungsvoll drehte sie sich im Kreise:»Na? Wie findest du mich?« Ich verdrehte die Augen. Was sollte ein höflicher Kater auf diese rhetorische Frage antworten? Ob sie schöner geworden war, konnte ich nicht sagen. Auf jeden Fall sah sie wesentlich bunter als sonst aus. Das musste sogar Ben auffallen, der sie zu diesem Event begleiten wollte.

Gegen 23:30 Uhr weckten mich zwei angeregt plaudernde Stimmen aus meinem Schönheitsschlaf. Natürlich war ich neugierig, was Ben und Nelly im Konzerthaus erlebt hatten. Deshalb dehnte ich meine müden Knochen, sprang aus dem Körbchen und lief ihnen entgegen.»Miau!«

»Hey, Belly, hast du durchgemacht?«, neckte mich Ben, während ich mich schnurrend an seinen Beinen rieb.

»Pass auf deinen dunklen Anzug auf, Ben.«, warnte mein Frauchen. »Sonst siehst du gleich aus wie Snowbell.«

»Ach was.« wehrte Ben ihren gut gemeinten Ratschlag ab und streichelte mich liebevoll. »Haare lassen sich abbürsten.«

»Och, Ben. Du siehst so schick aus.«

»Wirklich?«

Gequält schaute Ben auf seine goldenen Manschettenknöpfe. »Du klingst wie meine Mutter, Nelly. Jetzt musst du mich noch fragen, ob ich die Richtige fürs Leben gefunden habe und ein solides bürgerliches Leben wie meine Brüder führen will.«

Ich maunzte mitfühlend. Allem Anschein nach war Ben mit einer mater inquisitoris gestraft. Mütter konnten nervtötend sein. Meine Katzenmama hatte mir immer auf die Tatzen geschaut. In diesem Punkt schienen sich Menschen und

Katzen nicht voneinander zu unterscheiden.

»Ehe und Familie sind nicht mein Ding. Ich lasse mich nicht an die Kette legen, sondern brauche meine Freiheit. Genauso wie du, Joline.«

Mein Frauchen sah etwas pikiert aus. Dennoch riss sie sich zusammen, zeigte sich als verständnisvolle Freundin und lächelte ihn an. »Ja. Ich verstehe, was du meinst.«

»Ich möchte meine Touren mit den Jungs nicht aufgeben. Denn ich liebe das Gefühl von Freiheit und Abenteuer. Das Motorradfahren hat dir gefallen, nicht wahr?«

»Ja. Es war herrlich.«, stimmte Joline zu, und Ben nickte zufrieden. »Das freut mich. Dann nehme ich dich wieder mit, wenn wir zum Möhnesee fahren. Wir werden jede Menge Spaß haben.«

Ben nahm sie in den Arm und zog sie an sich. »Du bist ein feiner Kumpel, Joline. Ich bin froh, dass ich dich als neue Nachbarin erwischt habe. Etwas Besseres konnte mir nicht passieren.«

Mein Frauchen sah aus, als ob sie auf eine Zitrone gebissen hatte. Sie drückte ihm einen freundschaftlichen Kuss auf die Wange, brachte ihn zur Tür und dankte ihm für den schönen Abend. Als sie wieder ins Wohnzimmer kam, sah sie mich ratlos an. »Ich verstehe die Welt nicht mehr. Als ich an der Uni studiert habe, hab ich die Kerle auf Abstand gehalten und in die Flucht geschlagen, wenn sie mir beim ersten Date an die Wäsche wollten. Heute hab ich das Gefühl, dass ich einem Mann das Hemd vom Leib reißen muss, bevor er kapiert, dass ich mehr will als eine platonische Freundschaft. Soll ich ein knallenges T-Shirt anziehen mit der Aufschrift: Nimm! Mich! Sofort!«

Sie schüttelte sich. »Ich will nicht vollen Körpereinsatz zeigen. Bäh! Das gefällt mir nicht. Wahrscheinlich bin ich zu spießig …«

Nachdenklich kratzte ich mich am Ohr. Dann würden wir wohl weiterhin Single bleiben.

20. Kapitel:

✒ Kalte Küche ✒

Jana, Melissa und Joline hatten sich in unserer Küche versammelt, um die letzten Vorbereitungen zu treffen, bevor die hungrige Meute in wenigen Stunden zur Sommerparty eintreffen würde. Ich leistete ihnen Gesellschaft in der Hoffnung, dass etwas Leckeres für mich abfallen würde.

»Hoffentlich hält das Wetter!«, lamentierte mein Frauchen und sah mit sorgenvoller Miene in den Garten. »Nicht dass unsere Fete ins Wasser fällt ...«

»Wie deine zwei missglückten Dates ...«

»Erinnere mich nicht daran.« Mein Frauchen zupfte nervös an ihrem Zopf. Sie hatte dem edlen Look abgeschworen und auf die alberne Kriegsbemalung verzichtet. In ihrem Jeanskleid und den flachen Ballerinas sah sie lässig und natürlich aus. Auch Melissa und Jana hatten sich für schlichte

Sommerkleidchen entschieden, die ihre Vorzüge auf eine dezente Weise zur Geltung brachten.

»Wie war die Tour zum Möhnesee?«, erkundigte sich Jana interessiert. »Hat es gefunkt?«

»Und wie. Ben ist ein heißer Typ. Meine Hände finden ganz alleine den Weg zu seiner Hutte, wenn wir unterwegs sind. Wenn ich mich an ihn schmiege und sein cooles After Shave rieche, bin ich hin und weg.«, schwärmte Joline. »Für mich ist Ben der sexiest man alive. Seine muskulösen Oberarme turnen mich an. Ich liebe es, ihn anzufassen. Nicht nur aus erotischen Gründen. Klammern kann ich verdammt gut. Sonst würde ich unsere Touren nicht mit heilen Knochen überleben.«

»Immerhin geht ihr auf enge Tuchfühlung.«, sagte Jana. »Das ist ein vielversprechender Anfang, wenn du mich fragst.«

»Findest du? Ich habe ehor den Eindruck, dass er mich in seine Familie aufgenommen hat und als seine kleine Schwester betrachtet. An einer Tankstelle hat er mich mit Gummibärchen gefüttert. Bevor er mich wieder zu Hause abgeliefert hat, hab ich noch ein Eis bekommen.«

Mein Frauchen zog einen Flunsch. »Ein Zungenkuss wäre mir lieber gewesen. Außerdem hat er wesentlich weniger Kalorien.«

»Jedes kleine Mädchen träumt von einem tollen großen Bruder ...« Melissa rümpfte ihre Nase. »Also bleibt es bei einem Satz mit X: Das war wohl nix. Wenigstens bist du ständig unterwegs, kommst an die frische Luft und siehst was von der Welt. Gefällt dir denn keiner von den anderen Bikern?«

»Nein. Ich hab mich auf Ben eingeschossen, weil er ganz anders ist als mein Verflossener. Er ist groß, wild und gefährlich – und nicht für mich geschaffen.«

»Persönliches Pech.«, konstatierte Jana verständnisvoll, und Joline fuhr fort:

»Die meisten Biker sind in festen Beziehungen. Ich lege großen Wert darauf, keinen Ärger mit ihren Frauen zu bekommen. Für Männerklauen bin ich nicht zu haben.«

»Apropos Ärger … Kommt diese eifersüchtige Zahnputzfee auch?«

»Klar. Ich konnte sie nicht übergehen, als ich meine Einladung ausgesprochen habe. Sie hat förmlich darauf gelauert, dass ich einen Fehler mache und sie von diesem Event ausschließe. Dann hätte sie mich in ihrer Clique schlecht machen können. Natürlich hab ich ihr diesen Gefallen nicht getan.«

»Sei bloß vorsichtig, vielleicht kippt sie dir was ins Glas.«, warnte Jana, aber Melissa winkte lässig ab. »Wir passen auf dich auf, Nelly. Ich trinke mir rasch etwas Mut an.«

Grinsend öffnete Melissa die erste Flasche Prosecco. »Plündern wir deine Vorräte oder schleppt Ben die Getränke ran?«

»Keine Sorge, wir sitzen nicht auf dem Trockenen. Ben besorgt verschiedene alkoholfreie Getränke, weil seine Kumpel mit ihren schweren Maschinen nach Hause fahren müssen. Er wollte sich unbedingt an den Kosten beteiligen.«

»Sehr nobel. Dann sind wir für die Fressalien verantwortlich.«, überlegte Jana. »Das Fleisch ist im Kühlschrank, und Nudel- und Kartoffelsalat haben wir in der Kühltasche.«

»Anja bringt Baguettes und Focaccia mit.«, fiel Joline ein. »Als Bikerinnen sind wir jetzt per du. Sie ist ein großartiges Mädchen. Hin und wieder korrigiere ich ihre Hausarbeiten oder höre sie für ihre mündlichen Prüfungen ab. Ich mag sie sehr gern.«

»Sehr schön. Dann hast du eine gute Freundin und treue Verbündete in der Clique.«, lobte Jana. »Was müssen wir frisch zubereiten?«

»Schichtsalat und Floridasalat.«

»Das klingt lecker, was ist das?«, wollte Melissa wissen, und Joline klärte sie auf: »Gemischtes Obst mit einer Joghurtsauce. Ich halte mich an das Rezept meiner verstorbenen Mama. Dieser Salat ist genau das Richtige für einen heißen Sommerabend!«

Ich verzog mein Schnäuzchen. Wahrscheinlich würde ich vor Hunger und Langeweile sterben. Warum gab es keinen Krabbencocktail? Oder Thunfischsalat? Jana fing meinen missmutigen Blick auf.

»Na komm, mein Kleiner. In den Schichtsalat muss ich jede Menge gekochten Schinken schnippeln. Thunfisch muss auch rein. Du hilfst mir, wenn was übrigbleibt, oder?«

Miau! Ich stupste sie zart mit der Pfote. Endlich eine Frau mit Herz!

21. Kapitel:
❧ Hexe vom Spieß ❧

»Hach, genauso hab ich mir den Garten von Dornröschen vorgestellt!«, lästerte eine laute Stimme. »Ein Traumprinz wird wohl nicht mehr vorbeikommen. Die meisten Rosen sind ja verblüht. Wie die Besitzerin …«

Aus gegebenem Anlass hatte ich vor dem Grill Posten bezogen, um das Grillgut zu bewachen, und die vielen Gäste, die sich zu der Sommerparty im Garten meines Frauchens eingefunden hatten, sich selbst überlassen. Die bunte Mischung aus harten Bikern und wilden Hühnern schien für eine gute Stimmung zu sorgen. Jetzt traute ich meinen Ohren nicht. Waren diese Worte eine Anspielung auf das Alter meines Frauchens? Wer wagte es, sie zu beleidigen? Natürlich, die platinblonde Zahnputzfee, die mein Frauchen bei der Tour nach Haltern dumm angemacht hatte. Meine Sicherungen knallten durch. Zornentbrannt wollte ich mich auf die Lästerschwester stürzen und ihr mit meinen Krallen das gehässige Grinsen aus dem Gesicht reißen, aber ein menschliches Wesen war schneller als ich. Wumms – wurde die bösartige Frau angerempelt, dass das Sektglas in ihrer Hand ins Schwanken geriet und das edle Gesöff über ihr kurzes Kleidchen kippte.

154

»Hoppla.« Höhnisch lächelte Melissa sie an. »Haben Sie Probleme mit der Selbstbeherrschung? Auf jeden Fall sind Sie ungeschickt auf Ihren hohen Hacken unterwegs. Wer's nicht kann, soll's lieber lassen.«

»Das haben Sie mit Absicht gemacht …«, kreischte die Bikerin mit puterrotem Kopf. Wütend stellte sie ihr Glas auf einen Stehtisch, hob ihre Fäuste und wollte auf Melissa losgehen, die lässig vor ihr hin und her tänzelte. Todesmutig schmiss ich mich zwischen die Boxen-Luder, machte einen Buckel und fauchte aus Leibeskräften. Mein Verhältnis zu Melissa war zwar nicht ungetrübt, aber sie hatte sich gerade als eine treue Freundin meines Frauchens erwiesen. Diese Solidarität rechnete ich ihr hoch an. Deshalb war ich bereit, sie unter Einsatz meines Lebens zu verteidigen.

Die Gewitterziege brüllte zurück: »Kann einer diese ekelhafte Flohschleuder fortjagen? Ich hab keine Lust, mir Ungeziefer einzufangen.«

»Ich glaub, mein Schwein pfeift. Jetzt reicht es mir …«

Mein Frauchen kochte vor Zorn, griff sich die Grillgabel und ging wutentbrannt auf die kreidebleich zurückweichende Lästerschwester zu. »Erst beleidigen Sie mich, dann ist mein Kater dran. Ich bin ein sehr ruhiger Mensch, aber was zu viel ist, ist zu viel …«

Bevor das Menü um Hexe am Spieß erweitert werden konnte, packte Ben seine keifende Ex-Freundin am Arm und schleppte sie zum Gartentor. »Du benimmst dich wie ein ungezogenes Kind, nicht wie eine erwachsene Frau. Ich halte es für das Beste, wenn du von hier verschwindest. Wir wollen dich nicht mehr bei unseren Touren sehen. Künftig kannst du woanders die Luft verpesten. Hast du das kapiert oder muss ich noch deutlicher werden?«

Die anderen Biker, die die Szene mit finsteren Mienen beobachtet hatten, stimmten Ben zu und klatschten laut Beifall. Die Schreckschraube bekam ihren Mund nicht mehr zu, leistete keinen Widerstand und verschwand heulend auf dem Trampelpfad. Mein Frauchen nahm mich auf den Arm, bevor ich die Verfolgung aufnehmen konnte. Mein Herz pumperte wie wild. Unter ihren sanften Streicheleinheiten beruhigte ich mich allmählich wieder. Trotzdem schickte ich ein grimmiges Zähnefletschen in Richtung Gartentor.

»Es tut mir leid, Joline.« Voller Mitgefühl legte Ben ihr seinen Arm um die Schulter und schüttelte seinen Kopf. »Ich weiß nicht, was in sie gefahren ist.«

»Normalerweise hast du kein Brett vor dem Kopf. Wenn du willst, kann ich kann dir auf die Sprünge helfen.«, sagte mein Frauchen leise. »Rasende Eifersucht. Sie glaubt, dass ich ihr etwas wegnehme, das ihr gehört.«

»Wie kommt sie auf diese Idee?« Ben wirkte überrascht. »Wir sind gute Freunde, Joline. Nicht mehr und nicht weniger.«

Mein Frauchen blieb ihm die Antwort schuldig. Sie biss sich auf die Lippen und ging mit durchgedrücktem Rücken zur überdachten Terrasse, während Ben sich an seine Pflichten als Gastgeber erinnerte und die Bratwürstchen vor dem Verbrennen rettete.

»Hey, Bros! Wer möchte eine kleine Stärkung? Jana hat wahre Köstlichkeiten für uns gezaubert!«

Anja tauchte mit einem Tablett voller appetitlicher Häppchen aus der Küche auf und drückte mir im Vorbeigehen ein Stückchen Lachs in mein Mäulchen. »Für den tapfersten Kater der Welt.«

»Lasst uns auf zwei Helden anstoßen, die ein Machtwort gesprochen haben. Ben und Belly sind ein echtes Dreamteam!«

Melissa griff die Steilvorlage auf. Lachend schnappte sie sich die Sektflasche aus dem Kühler und flötete:

»Jetzt wird es ein richtig schöner Abend!«

22. Kapitel:
🐾 Auf Mäusejagd 🐾

Mit stolz geschwellter Brust kehrte ich von meiner täglichen Inspektionstour durch unseren Garten ins Wohnzimmer zurück. Mein Frauchen hatte es sich im Schneidersitz auf dem Fußboden gemütlich gemacht und beäugte mit kritischen Augen ihren neuen Staubsauger, während unser Nachbar am Kamin lehnte, seine Arme lässig vor der Brust verschränkt. Seit der Gartenparty verbrachte er fast mehr Zeit bei uns als in seinem eigenen Haus. Er nickte mir freundlich zu: »Na, hast du wieder Dreck von draußen mitgebracht?«

Mäh! Für diese verhaltene Kritik hatte ich nicht mal ein Zucken mit meinem Schnurrbart übrig. Was machte es schon, dass das helle Parkett schwarz gesprenkelt war? Erstens lebten wir nicht in einem Museum, zweitens wollten wir unsere Putzfee nicht an Langeweile sterben lassen. Drittens musste ich wichtige Aufgaben in meinem Revier erfüllen. Heute hatte ich eine besondere Herausforderung gemeistert. Was würden meine Lieblingsmenschen zu meiner Überraschung sagen? Würden Ben und Joline vor Freude an die Decke springen? Tief in meine Gedanken versunken, öffnete ich meine Schnauze und spuckte meine Beute aus.

»Eine Maus, eine Maus!«
Mein Frauchen kreischte wie am Spieß, ließ den Staubsauger fallen und war im Nullkommanichts auf den nächsten verfügbaren Stuhl gesprungen. »Ist sie tot? Oder lebt sie noch?«
Missbilligend schüttelte ich mein Köpfchen. Von dieser hysterischen Seite kannte ich Joline nicht. Unser cooler Nachbar sah ebenso verblüfft aus. Dann brach er in schallendes Gelächter aus. »Ich komme mir vor wie in einer Sitcom: Nelly, das empfindsame Weibchen, und Snowbell, der gefährliche Killerkater.«

Das Mäuschen erwachte aus seiner Totenstarre, nutzte unsere Verwirrung und huschte unter den antiken Sekretär. »Jetzt ist sie im Haus.« Mein Frauchen schrie noch lauter. »Wir müssen sie wieder loswerden. Oh Gott, oh Gott, macht doch was.«

Für ihr Geschrei hatte ich nur ein Gähnen übrig. Ich würde keine Pfote mehr rühren. Das war schon mal klar wie Kloßbrühe. Schließlich hatte ich einen ordentlichen Job erledigt, als ich meine Fähigkeiten als Mäusefänger unter Beweis gestellt hatte. Wie man eine Maus tötet, hatte mir meine Katzenmama nicht beigebracht. Ich wusste noch nicht einmal, ob sie diese Fähigkeit beherrschte. Denn sie war eine edle Rassekatze, die sich nicht in der freien Natur herumtreiben durfte.

Unser Nachbar ließ sich nicht aus der Ruhe bringen. »Runter vom Stuhl, Nelly.«, forderte er sie auf. »Mach alle Verbindungstüren zu.«

»Okay.« Schmollend gehorchte mein Frauchen. »Kannst du mir verraten, was du vorhast?«

»Kannst du dir diese Frage nicht selbst beantworten?« Ben zog die Brauen zusammen. »Wo finde ich einen Besen?«

»Im Abstellraum.«, sagte Joline und sah ihn mit großen Augen an. »Willst du die Maus erschlagen?«

»Nein. Am Heiligen Sonntag begehe ich keinen Mord. Mit einer Todsünde will ich mein Gewissen nicht belasten.«, schmunzelte Ben. »Keine Bange, Nelly, ich möchte deine Untermieterin bloß aus dem Haus jagen.«

Auffordernd rieb er seine Hände. »Lass uns keine wertvolle Zeit verschwenden. Nimm die Beine in die Hand und hol den Besen, während ich der Maus auf die Pelle rücke und ihr das Leben zur Hölle mache. «

Interessiert verfolgte ich die gemeinsamen Aktivitäten meiner Lieblingsmenschen. Während Joline die Terrassentür weit öffnete und sich in

162

Sicherheit brachte, verrückte unser Muskelprotz einige Möbelstücke und vollführte merkwürdige Bewegungen mit dem Besen, bis das Mäuschen völlig verstört aus unserem Wohnzimmer wieder in Richtung Terrasse und auf Nimmerwiedersehen im Garten verschwand.

»Geschafft.« Zufrieden verriegelte Ben die Terrassentür. Dann sah er mein Frauchen erwartungsvoll an. »Ich habe mein Leben riskiert und dich vor einer großen Gefahr gerettet. Was hältst du von einer kleinen Belohnung?«

»Möchtest du mit mir Kaffee trinken?« Joline druckste herum und wich seinem Blick aus. »Heute Morgen habe ich Käsekuchen gebacken… …«

»Okay.« Ben wirkte etwas enttäuscht, als ob er sich etwas Besseres erhofft hätte. Dann fuhr er sich lässig mit der Hand durch die Haare und wies auf den Staubsauger. »Soll ich noch etwas für dich erledigen?«

»Jaaa …«, sagte Joline gedehnt. »Ich habe den Staubsauger selbst zusammengebaut. Leider funktioniert er nicht richtig. Vielleicht kannst du mal nachschauen?«

Sie ging zum Wohnzimmerschrank, kramte in einer Schublade, zog eine Anleitung hervor und hielt sie ihm unter die Nase. »Wenn du mal lesen willst …«

»Dafür bräuchte ich meine Brille.« Ben schüttelte den Kopf. »Leider hab ich sie nicht dabei.«

Joline wurde knallrot und schaute verlegen zu Boden. Ich ahnte, was sie dachte. Sie war davon überzeugt, dass Ben nicht lesen konnte. Leider konnte ich ihr nicht sagen, dass ich ihn in den letzten Wochen am späten Nachmittag auf seiner Terrasse gesehen hatte, mit einem dampfenden Becher Kaffee und einer bekannten Automobil-Zeitschrift vor sich auf dem Gartentisch. Ich war mir ziemlich sicher, dass er sich nicht nur die bunten Bilder in dem Magazin angeschaut hatte.

Mit einem fröhlichen Gurren lief ich zu ihm und stupste ihn leicht mit der Pfote. Sofort beugte er sich zu mir und strich mir über das Fell. »Ich bin eher ein Praktiker, Nelly. Was nicht passt, wird passend gemacht. Ich schlag mal vor, dass du dich um die Nervennahrung kümmerst und ich mich um das technische Problem.«

Während mein Frauchen in der Küche verschwand, holte er sich einen Werkzeugkoffer aus dem Keller und fummelte konzentriert an unserem Staubsauger herum. Dann lachte er leise auf, baute das Gerät auseinander und setzte es wieder zusammen. Als mein Frauchen mit einem Tablett im Wohnzimmer erschien, grinste er sie frech an. »Du hattest einige Teile falsch kombiniert. Deshalb konnte dein Staubsauger nur Dreck ausstoßen, statt ihn zu entfernen. Mit Technik hast du es nicht so, stimmt's?«

»Nein.« Mein Frauchen wurde abwechselnd blass und rot. Ich wunderte mich, wie schnell sie die Farbe wechseln konnte. »Vielen Dank für deine Unterstützung.«

»Es war mir ein Vergnügen.« Ben winkte lässig ab. »Weißt du, ich hab schon als kleiner Junge alle Haushaltsgeräte für meine Mutter zusammengebaut. Auf die Anleitungen hab ich nicht geachtet. Meistens sind einige Schrauben übriggeblieben.«

»Du lebst gefährlich.«, sagte mein Frauchen spitz und deckte in Windeseile den Tisch. »Müssen diese Teile nicht bestimmte Funktionen erfüllen?«

»Keine Sorge, meine Mutter hat es überlebt.« Ben war nicht beleidigt und legte den Staubsauger zur Seite. Dann nahm er die Kaffeekanne und füllte die Tassen. »Inzwischen genießt sie ihren Unruhestand.«

»Was machst du beruflich?«, wollte Joline wissen, und ich spitzte meine Ohren. »Bist du Mechaniker?«

»Ich arbeite mit meinen Händen.«, wich Ben einer klaren Antwort aus. »Mit Büchern hab ich es nicht so. Lieber schraube ich an meiner Maschine.« Unterdrückter Schalk blitzte in seinen Augen auf. Ich war mir nicht sicher, ob

er die Wahrheit sagte. Mein Frauchen hatte nichts bemerkt. Tief in ihre Gedanken versunken, ließ sie sich auf einen Stuhl sinken und rührte mit einem Löffel in ihrer Tasse herum. »Danke schön. Heute hast du mir zweimal aus der Patsche geholfen. Du bist der Allerbeste. Schade -«
Sie sprach den Satz nicht zu Ende, aber ich wusste, was sie sagen wollte. Ich war ganz ihrer Meinung. Schade, dass er nicht an ihr interessiert war. Sehr schade!

23. Kapitel:
🐾 Revierpower 🐾

»Hiiiii!«
Ich sauste, so schnell ich konnte, in Richtung Kiesgarten. Hinter mir knurrte eine blutrünstige Bestie. Es war Anton, der brutale fette Killerkater, der drei Häuser entfernt lebte und es auf mich abgesehen hatte. Vor wenigen Minuten hatte er mir die Hälfte meiner Haare ausgerissen und mir links und rechts

ins Gesicht geschlagen, dass ich Sterne gesehen hatte. In einem Reflex hatte ich zurückgefightet und ihn in die Pfote gebissen, was er mir sehr übelgenommen hatte. Seine finstere Miene versprach nichts Gutes. Wenn er mich einholen würde, sah es schlecht für mich aus.

Mein Frauchen hatte den warmen Spätsommernachmittag genutzt und sich mit einem Liebesroman auf der Gartenbank niedergelassen. Voller Verzweiflung raste ich zu ihr und versteckte mich zwischen ihren Beinen. Anton hielt im Laufen inne und knurrte wie ein hungriger Löwe in unsere Richtung. Sofort ließ mein Frauchen ihr Buch fallen, stellte sich Anton entgegen und brüllte ihn an: »Das ist unser Garten. Hier hast du gar nichts zu suchen, du Störenfried. Wenn ich dich erwische, wie du dich an Snowbell vergreifst und ihn verprügelst, zieh ich dir das Fell über die Ohren.«

Oh mein Gott. Es war mir so peinlich. Am liebsten wäre ich vor Scham im Boden versunken. Musste sie so laut kreischen, dass die ganze Nachbarschaft von meiner Niederlage erfuhr? Anton würde garantiert nicht sein Maul halten und mich bei meinen Artgenossen schlecht machen. Bevor er den Schwanz einklemmte und langsam den Rückzug antrat, zischte er mir höhnisch zu: »Du jämmerlicher Hosenscheißer musst dich hinter deiner Mama verstecken. Komm mir nicht noch mal unter die Augen, sonst kannst du was erleben.«

»Du brüllst wie eine Domina, Juline.« Ängstlich lugte ich zwischen den Beinen meines Frauchens hervor. Ben stand am Gartenzaun und konnte sich das Lachen nicht verkneifen. »Unter deiner sanften Oberfläche lodert ein gefährlicher Vulkan. Diesen Ausbruch hätte ich dir gar nicht zugetraut. Von dir möchte ich nicht den Hosenboden strammgezogen bekommen.«

Joline blitzte ihn an, sagte aber kein Wort. Stattdessen nahm sie mich auf den Arm und drückte mich an sich. Während sie mit mir ins Haus zurückkehrte, streichelte sie mein ramponiertes Fell und raunte mir ins Ohr: »Ich bin sehr stolz auf dich. Kämpfen gehört zum Leben, Snowbell. Man darf sich nicht alles gefallen lassen. Beim nächsten Mal polierst du diesem widerlichen Kater die Schnauze und zahlst ihm alles heim.«

24. Kapitel:
🐾 Ein schöner Ort zum Sterben 🐾

»Ohohoh.«

Ich wandte meinen Kopf in die Richtung, aus der ein merkwürdiges Stöhnen zu hören war. Mit letzter Kraft hielt sich mein Frauchen am Gartentor fest. Sie war leichenblass. Auf ihrer Stirn standen Schweißperlen. In diesem Zustand hatte ich sie noch nie gesehen. Mein Herz schlug schneller. Ich sprang von der Gartenbank und rannte zu ihr.

Auch Ben, der wie üblich in seinem Garten herumgelungert hatte, spähte interessiert über unseren Gartenzaun und konnte sich einen frechen Spruch nicht verkneifen. »Alles klar bei dir, Joline? Du bist so weiß um die Nase. Hast du dir zu viel zugemutet? Leistungssport ist nicht deine Sache ….«

Missbilligend schüttelte ich mein Köpfchen. Mensch, Ben, selbst wenn du Recht hast, solltest du besser die Klappe halten und nicht in jedes Fettnäpfchen springen. Oder möchtest du es dir unbedingt wieder mit Joline verderben? Immerhin hatte sie ihre sportliche Leistung gesteigert und schaffte zehn Kilometer in einer annehmbaren Zeit, ohne gravierende Probleme mit Schweinehund und Muskelkater zu bekommen. Natürlich war diese Strecke keine besondere Leistung, aber besser als gar nichts. Keine Frau schätzte es, wenn man sie auf ihre sportlichen Defizite aufmerksam machte.

Glücklicherweise war mein Frauchen völlig von der Rolle und hörte nicht genau hin. »Im Seepark sitzt ein alter Mann auf einer Parkbank. Er rührt sich nicht mehr. Ich glaube, er ist tot.«

»Bist du sicher, dass du dir das nicht einbildest?«
Ben ließ sich nicht aus der Ruhe bringen. Lässig schwang er sich über den Zaun und legte ihr fürsorglich den Arm um die Schultern. »Was hast du denn für Musik gehört? Helene Fischer? Die singende Sagrotan-Flasche? Wenn ich diese Musik hören muss, reg ich mich immer auf. Dann seh ich tote Menschen wie Udo Jürgens.«
Ich konnte ein Grinsen nicht unterdrücken. Jau. Ganz meine Meinung. Wenn die stimmgewaltige Blondine atemlos wurde, wetzte ich so schnell wie möglich durchs ganze Haus, um dem Gejaule zu entkommen. Bildschön war sie ja, aber musste sie unbedingt den Mund aufreißen? Als dekorative Statue im Garten wäre sie mir lieber gewesen.

172

»Nein.« Joline schüttelte seine Hand ab. »Lass mich. Ich muss die Polizei-« »Einen Fehlalarm wollen wir nicht riskieren.«, redete Ben ihr gut zu. »Pass mal auf, Joline. Wir gehen zum Seepark, und du zeigst mir, was du gesehen hast. Wenn ich bei dir bin, musst du keine Angst haben.«

Entschlossen fasste er nach ihrer Hand und zog sie hinter sich her. Ich überlegte einen Moment lang. Dann schob ich alle Bedenken beiseite und folgte ihnen in gebührendem Abstand. Eigentlich durfte ich meinen Garten nicht verlassen. Aber es handelte sich um eine Ausnahmesituation. Schließlich war Joline mein Frauchen und ich der Mann an ihrer Seite, auch wenn Ben sich gerade als ihr Beschützer aufspielte.

Über einen kleinen Trampelpfad gelangten wir auf eine stille Straße. Dort gab es eine einheitliche Bebauung mit mehreren freistehenden Häusern, die mit gepflegten Vorgärten prunkten. Die dunkelgrünen Buchsbäumchen waren akkurat geschnitten worden. Hinter dichten Hecken versteckten sich wunderschöne Blumen, die mir sehr bekannt vorkamen. Vor allem die herrlichen Rosen hatten es mir angetan. Ob sie wohl genauso gut wie zu Hause rochen? Ich preschte vor, stellte mich auf die Hinterbeine und schnupperte neugierig an einer Blüte. Eine hübsche winzige Perserkatze, die unter einem prächtigen Strauch geschlummert hatte, zischte mich warnend an. »Hey, das ist mein Revier. Zieh Leine.«

Ich blieb wie angewurzelt stehen.

»Miau. Oh, Verzeihung.«

»Snowbell!« Joline hatte feine Ohren. Sie fuhr herum und sah mich mit erschrockenen Augen an. »Was machst du hier?«

Was sollte ich auf diese Frage antworten? Betrübt senkte ich mein Köpfchen. Glücklicherweise rettete Ben mich aus dieser peinlichen Situation. »Snowbell will die große Welt erobern. Schließlich ist er mitten in seiner

Sturm-und-Drang-Phase.«, scherzte Ben und nahm mich auf den Arm. »Ich passe auf, dass er nicht unter die Räder kommt.«

Von oben war der Blick noch besser. Ich sperrte meine Augen auf und sah mich mit leuchtenden Augen um. Die Welt war nicht am Gartenzaun zu Ende. Lünen-Horstmar war viel interessanter, als ich geglaubt hatte. Wir marschierten auf den Seepark zu, der im Zuge der Landesgartenschau 1996 angelegt worden war. Diese Informationen verdankte ich meinem Frauchen, die mir in den letzten Wochen viel Wissenswertes über meine neue Heimat erzählt hatte. Als gut erzogener Kater hatte ich ihr geduldig zugehört und mir das Wichtigste gemerkt. Schließlich schadete Bildung nicht. Sie tat noch nicht einmal weh.

Angeblich sollte sich das weitläufige Gelände über eine Fläche von 9 Hektar erstrecken. Große Liegewiesen luden zum Sonnenbaden, Spielen und Toben ein. In der Ferne sah ich kristallblaues Wasser schimmern. Vor lauter Aufregung schlug mein Herz schneller. Hurra, das musste der berühmte Horstmarer See sein. Der weiße Schaum der Wellen schwappte auf den hellen Sand, der mich an mein stilles Örtchen in der Villa Katzenglück erinnerte. Es juckte mir in den Pfoten, vom Arm meines Beschützers zu springen und über den grünen Rasen zum sandigen Ufer zu wetzen, um dort wild zu scharren. Zu allen Schandtaten entschlossen strampelte ich mit meinen Pfötchen, aber Ben hielt mich mit eisernem Griff fest. »Bleib cool, Kleiner.«

Ein Harley Davidson Biker war eine Nummer zu groß für einen Perserkater. Ben war einfach nicht zu überlisten. Mit einem tiefen Seufzer kuschelte ich mich in seinen Arm, während wir zu dritt weitergingen. Alles sah sauber und gepflegt aus, allerdings auch ziemlich verlassen. Auf einen sonnigen August war ein kühler September gefolgt, und das trübe Wetter lud nicht gerade zu einem längeren Spaziergang ein. Heute waren wenige sportbegeisterte Menschen unterwegs, denen ein gelegentlicher Regenschauer nichts ausmachte. Wir hatten fast die Brücke erreicht, die über den Datteln-Hamm-Kanal zu einer nahegelegenen Kleingartenanlage führte. Dort herrschte ein streng reglementiertes Schrebergartenglück, wie mein Frauchen mir verraten hatte. Tierhaltung war strengstens verboten. Für diese starren Regeln hatte ich nur ein verächtliches Schnauben übrig. Oh, ich war wirklich heilfroh, dass unser konservativer alter Nachbar, der keine Haustiere gemocht hatte, unter dem Torf lag und der lockere Biker Ben eingezogen war, welcher ein großes Herz für kleine Tiere hatte.

»Da!« Aufgeregt blieb mein Frauchen stehen, wies mit ihrer ausgestreckten Hand nach Norden und zitterte wie

Espenlaub. »Ich lüge nicht, Ben. Überzeug dich selbst.«

Ohne lange darüber nachzudenken, traten Ben und ich näher an die Parkbank heran, wo ein alter Mann saß und auf den stillen See hinausblickte. Er wirkte nicht verwahrlost, sondern machte einen gepflegten Eindruck und sah ganz friedlich aus, fast als ob er sich eine kurze Auszeit vom Alltag gönnen würde.

»Hallo.«, sagte Ben mit fester Stimme. »Ist mit Ihnen alles in Ordnung?«

Der Unbekannte reagierte nicht auf seine Ansprache, und meine Nackenhaare stellten sich auf. Etwas stimmte nicht. Alarmiert unterzog ich ihn einer genauen Betrachtung. Der Fremde saß nicht aufrecht, sondern war in sich zusammengesunken. In seinen Händen hielt er etwas fest, was ich nicht genau erkennen konnte. Zu meiner Beunruhigung konnte ich keinerlei Atmung feststellen. Die Brust des alten Mannes hob und senkte sich nicht mehr, und ich spürte den leisen Hauch des

178

Todes, der den alten Mann mit sich in die Ewigkeit genommen hatte.

Ben ließ mich los, und ich hüpfte auf die Lehne der Parkbank, um meine Ermittlungen fortzuführen. Der Verstorbene hielt ein vergilbtes Bild in seinen Händen. Es war eine Schwarz-Weiß-Aufnahme, auf der zwei junge Menschen zu sehen waren, die sich tief in die Augen schauten.

»Du hast Recht, Joline.« Ben räusperte sich und zückte sein Handy. »Ich rufe die Polizei. Wahrscheinlich hat der arme Kerl einen Herzinfarkt erlitten. Mach dir keine Gedanken. Es war ein natürlicher Tod.«

Ich war nicht davon überzeugt. Auf dem Schoß des alten Mannes hatte ich einige Kuchenkrümel bemerkt. Zu seinen Füßen lag ein angebissenes Muffin mit winzigen Kügelchen, die in einem bläulichen Farbton schimmerten. Vorsichtig schnupperte ich an den Überresten und schüttelte mich angeekelt. Immerhin konnte ich mir nun vorstellen, was in den vergangenen

Stunden geschehen sein musste. Nach einem Spaziergang im Park hatte der rüstige Rentner sich einen schönen Platz mit Ausblick zum See gesucht, um in aller Ruhe eine locker-fluffige Kalorienbombe zu verzehren. Danach hatte er sein Lieblingsbild betrachtet, das er in seiner Brieftasche aufbewahrte, und sich in seinen Erinnerungen verloren. Allem Anschein nach hatte der Tod ihn überrascht; er hatte nicht mehr um Hilfe rufen können, sondern war still und leise gestorben. Nachdenklich sprang ich von der Bank, setzte mich auf den Rasen und kratzte mich hinter dem Ohr. Angeblich sollte eine ungesunde Ernährung das Leben verkürzen, hatte meine Katzenmama mir eingebläut. Glücklicherweise ließen mich Kuchen und Torten völlig kalt. Im Gegensatz zu den meisten Menschen, die ja alles in sich hineinschlangen, was ihrer Gesundheit abträglich war. Von meiner Katzenmutter wusste ich, dass Sahnetorten zwar verlockend aussahen, aber schwer verdaulich waren. Dass die

180

Leidenschaft für Süßigkeiten tödlich enden konnte, hatte sie mir verschwiegen. Dieser Fall war merkwürdig.

25. Kapitel:
❧ Im Blitzlichtgewitter ❧

Die Presse war schneller vor Ort, als die Polizei erlaubte. Der übereifrige Fotograf hatte sich ein schwarzes Tuch um den Kopf geschlungen und erinnerte mich lebhaft an einen Piraten. Sein Mund war zu einem schleimigen Grinsen verzogen, als er den Tatort in Augenschein nahm. Seine gelblichen Zähne sahen grauenvoll aus. Brr, die riesigen Zahnlücken jagten mir eine Gänsehaut über den Rücken. Wahrscheinlich hatte er niemals Trockenfutter gegessen, was meine Katzenmutter mir ausdrücklich ans Herz gelegt hatte, um meine Beißerchen zu stärken. Soweit würde ich es nicht kommen lassen, nahm ich mir vor, während ich meinen Blick gar nicht mehr von den schlechten Zähnen des fremden Mannes abwenden konnte. Ein Eckzahn blinkte mich unentwegt an. Ich tippte auf Gold, was das Seeräuber-Outfit wirkungsvoll unterstrich. Wenn der Fotograf noch eine Augenklappe getragen hätte, wäre ich davon überzeugt gewesen, dass der schräge Captain Jack Sparrow, den ich neulich im Fernsehen bewundert hatte, seinen Lebensabend in Lünen-Horstmar verbrachte. Wahrscheinlich hatte er seinen Schatz im goldgelben Sand verbuddelt und beschützte ihn vor allen Badegästen.

»Geht mal zur Seite.«, forderte der Fotograf uns nachdrücklich auf und zückte seine riesige Kamera. »Ich brauche den Hintergrund auf dem Foto.«
»Wahrscheinlich hat er den Polizeifunk abgehört.«, raunte Joline Ben ins Ohr.
»Ach, der Presse ist nichts heilig.«
Der Knipser ließ sich nicht aus der Ruhe bringen. Klick, klick, klick – war die Szene im Kasten. Er kratzte sich am

Kopf und überlegte laut: »Wer hat den Toten gefunden?«

Sein Blick fiel auf mich. »Boah, der schneeweiße Kater. Das ist mal ne geile Story.«

Ehe ich mein Veto einlegen konnte, wurde ich abgeschossen. Klick, klick, klick – blitzte es vor meinen Augen. Erschrocken rannte ich zu meinem Frauchen und versteckte mich hinter ihren Beinen.

»Seid ihr die stolzen Besitzer? Sagt mal Cheese!«

»Erlauben Sie mal!«, protestierte mein Frauchen. »Ich will keine Fotos von mir in der Presse. Das verbitte ich mir.«

»Sie haben gehört, was meine Begleiterin gesagt hat.« Ben warf dem Knipser einen bitterbösen Blick zu, während er seine Muskeln spielen ließ. »Eine einzige Aufnahme – und die Kamera landet im Wasser. Ganz zufällig. Verstehen wir uns?«

Anzüglich schnalzte der Pirat mit der Zunge. »Verstehe. Sie sind der Lover und wollen nicht, dass der Ehemann was von ihrer Affäre erfährt.«

Ich verstand nur Bahnhof. Ehemann? Lover? In unserem Haus gab es nur mein Frauchen und mich. Wenn ich in ihrem Bett schlief, war ich wahrscheinlich der Ehemann – und Ben musste der Lover sein. Nee, so einfach war die Sache nicht. Ben wollte nichts von meinem Frauchen wissen, auch wenn ich gar nichts gegen eine romantische Liebesgeschichte einzuwenden hatte. Große Gefühle passten nicht in sein Leben. Also musste der Fotograf sich irren. Irgendetwas stimmte nicht an seiner komischen Geschichte.

»Also – hören Sie mal …« Entrüstet schnappte mein Frauchen nach Luft, während Ben die Fäuste ballte und mit einem drohenden Gesichtsausdruck auf den Knipser zuging. »Kollege, ich warne dich. Noch so 'n Spruch – Kieferbruch.«

»Platz da! Hier ist die Polizei.«
Auf einmal war der stille Seepark voller Menschen, die um uns

herumwuselten. Der Knipser nutzte die Gunst der Stunde und nahm die Beine in die Hand, bevor Ben ihn am Kragen packen konnte. Mein Frauchen nahm mich auf den Arm. Sonst wäre ich garantiert platt getreten worden. An ihre Brust geschmiegt beobachtete ich das Treiben aus sicherer Entfernung. Überall piepste und blinkte es. Aufgeregte Polizisten brüllten laute Kommandos in ihre Sprechgeräte, während sich die Notärzte über den alten Mann beugten. Ich verstand ihre Aufregung nicht. Der arme Kerl war mausetot. Was wollte der Arzt noch von ihm?

»Sie haben den Toten gefunden?« Mit einem strengen Gesichtsausdruck baute sich ein grauhaariger Mann vor Ben auf, der mit seinem unorthodoxen Look wie ein Tatverdächtiger wirkte. »Wir brauchen Ihre Aussage.«
Musste ich auch etwas sagen? Nachdenklich legte ich den Kopf schief und betrachtete den Polizisten von oben bis unten. Er wirkte dick und

gemütlich. Die Uniformjacke spannte sich über einem stattlichen Bauch. An seinem Schnurrbart konnte ich die Überreste von Sprühsahne ausmachen, vermischt mit einer lilafarbenen Fruchtmasse und Kuchenbröseln. Wahrscheinlich handelte es sich um Pflaumenkuchen, folgerte ich messerscharf. Der Beamte war direkt vom Kaffeetisch an den Tatort beordert worden und hatte sich nicht mehr gründlich säubern können. Mein Magen knurrte laut und vernehmlich. Hoffentlich würde er seine Arbeit schnell hinter sich bringen. Auf Sprühsahne hatte ich gerade höllischen Appetit. Schließlich war ich ja noch nicht tot.

»Huch, was hat dieses kleine Kätzchen am Tatort zu suchen?«
Der grauhaarige Mann sah Joline streng an und schüttelte missbilligend den Kopf. »In meiner Laufbahn hab ich schon viel erlebt. Nun wollen sogar schon die

Katzenhalter mit ihren Tieren Gassi gehen. Was für eine verrückte Welt!«

»Nä!«, sagte ich verächtlich, während Joline tapfer gegen das Lachen ankämpfte. Jedes weitere Wort konnte ich mir sparen. Der uniformierte Mann sah nicht gerade sehr helle aus. Wahrscheinlich war er nicht in der Lage, mich zu verstehen, selbst wenn ich mit Engelszungen auf ihn einredete.

26. Kapitel:
🐾 Sherlock Kater 🐾

»Mensch, Nelly!«, sagte Jana konsterniert. »Was machst du für Sachen? Kann man dich keine Sekunde lang alleine lassen?«

»Es war nicht meine Schuld!«, verteidigte sich mein Frauchen. »Ich wollte nur meine übliche Runde um den See drehen und…«

Sie stockte, und Jana vollendete ihren Satz. »Bist in eine haarsträubende Situation geraten. Lünen-Horstmar ist ein gefährliches Pflaster geworden.«

Nachdenklich ließ sie ihren Blick auf mir ruhen. »Wenigstens hattest du einen Beschützer an deiner Seite.«

»Nein, zwei.«, korrigierte Joline. »Auf Ben und Snowbell kann ich mich in jeder Lebenslage verlassen.«

»Ach ja, deinen Sherlock Kater habe ich glatt vergessen. Snowbell ist wirklich ein Kater für alle Fälle.«, lächelte Jana. »Nun wollen wir nicht mehr über diese Angelegenheit sprechen. Du musst unbedingt auf andere Gedanken kommen.«

Mäh! Aus diesem Grunde waren wir hier, dachte ich, während wir Jana bereitwillig ins Wohnzimmer folgten.

Natürlich hatte mein Frauchen unser denkwürdiges Erlebnis mit ihren besten Freundinnen teilen wollen. Leider war Melissa nicht mehr zu Hause, sondern zu ihrer lange angekündigten Dienstreise nach Namibia aufgebrochen. Deshalb hatte Joline mich in ihr Auto gepackt und war zu Jana gebraust, die in einem angesagten Neubaugebiet, nicht weit vom Cappenberger See entfernt, lebte. Ihre Wohnung lag im ersten Stock eines sogenannten Passivhauses, wie sie uns stolz erzählte. Ehrlich gestanden, konnte ich mich für diesen modernen Baustil nicht erwärmen. Durch die vielen bodentiefen Fenster hatte ich das unangenehme Gefühl, auf einem Präsentierteller zu sitzen, wenn neugierige Spaziergänger eine Runde durch das Neubaugebiet drehten und ihre Blicke über das auffällige Gebäude schweifen ließen. War diese offene Bauweise nicht eine Einladung an Einbrecher, die Gewohnheiten von anderen Menschen auszukundschaften, um ihnen einen unerwünschten Besuch abzustatten? Was mochten meine ärgsten Feinde denken, wenn sie einen zierlichen Kater in einer Wohnung erblickten? Raunten sich Schäferhunde und Rottweiler womöglich zu: »Schau mal, dieser Kleine sieht lecker aus!«

»Jo, Kumpel, mir knurrt schon der Magen. Zu einem Appetithäppchen würde ich nicht nein sagen.«

Von meinen kritischen Gedanken war Jana weit entfernt. Sie war überglücklich, dass ihre Bewerbung bei einer Wohnungsgenossenschaft erfolgreich gewesen und ihr größter Wunsch in Erfüllung gegangen war. Mit rund 60 Quadratmetern war ihre klassische Zwei-Zimmer-Wohnung genau doppelt so groß wie das süße Appartement von Melissa, das wir vor einigen Wochen gesehen hatten.

Joline konnte ihre Begeisterung nachempfinden. Sie war sichtlich überwältigt und stieß mit leuchtenden Augen hervor: »Du bist so kreativ! Wo nimmst du nur all diese Ideen her?«

Mäh. Ich war der gleichen Meinung, auch wenn ich selbst lieber in einem gemütlichen Zuhause lebte. Jana hatte auf fernöstlichen Charme gesetzt, ihre Wohnung in warmen Beige- und Cremetönen gehalten und schlichte Designermöbel mit ausgewählten Accessoires kombiniert. Wenn ich die feinen Seidenkissen und hübschen Deko-Elemente aus Bambus betrachtete, juckte es mir in den Pfoten, meine persönlichen Markierungen zu hinterlassen. Doch diese Sachbeschädigung hätte Jana übelgenommen. Deshalb musste ich mich zusammenreißen und meine gute Erziehung demonstrieren, indem ich meinem entzückten Frauchen folgte und in das weiß gestrichene Schlafzimmer trippelte, ohne mit den Schnurrhaaren zu zucken.

»Huch!«

Fasziniert starrte Joline auf ein modernes Futonbett, das zusammen mit schlichten Holzmöbeln, einer ausgefallenen Lampe aus Reispapier und feinen Faltrollos an den bodentiefen Fenstern für ein asiatisches Ambiente sorgte. »Wie schläft es sich in diesem Bett?«

»Himmlisch!«, antwortete Jana und rückte eine Glasvase mit weißen Orchideen auf einer alten Truhe zurecht. In Gegensatz zu Melissa schien sie nicht ohne frische Blumen leben zu wollen. In ihrem mit schicken Rattanmöbeln eingerichteten

Wintergarten hatte sie einen Mini-Teich mit einer Seerose untergebracht, und die vielen Grünpflanzen im Wohnzimmer erinnerten mich an einen exotischen Dschungel. Leider wirkte ein Bäumchen in einer Schale etwas mickrig. Vielleicht würde der Bonsai tüchtig in die Höhe wachsen, wenn Jana ihn in dem nahegelegenen Cappenberger Wald auspflanzte?

»Jetzt wollen wir uns stärken.«, unterbrach Jana meine Gedankengänge. »Ich hab was Tolles für euch vorbereitet. Ni Hao!«
Irritiert spitzte ich die Ohren. Dieser Laut erinnerte mich an meine Katzensprache. Dennoch hatte ich kein einziges Wort verstanden. Was mochte dieser seltsame Ausdruck bedeuten?
»Oh, ich liebe asiatisches Essen!«, rief Joline und betrachtete hingerissen den massiven runden Holztisch in der Wohnküche, dem Jana mit einer weißen Tischdecke, einem roten Tischläufer und winzigen Minilampions einen asiatischen

Touch verliehen hatte, während ich fassungslos auf eine eckige Platte aus schneeweißem Porzellan starrte. Gegen rohen Fisch hatte ich nichts einzuwenden. In Kombination mit klebrigem Reis war ich bereit, in den Hungerstreik zu treten.

Leider machte Joline mir einen dicken Strich durch die Rechnung. Vergnügt setzte sie sich an den gedeckten Tisch, griff nach den hauchdünnen Ess-Stäbchen und versuchte vergeblich, sich einen Happen von der Platte zu angeln. Wenn Joline keine entscheidenden Fortschritte machte, würden wir bis Mitternacht an diesem Tisch sitzen und hungrig nach Hause gehen müssen, dachte ich missmutig, während Jana sich zu meinem Frauchen setzte, um ihr geduldig die korrekte Handhabung der Stäbchen zu demonstrieren. »Schau mal, Nelly, so geht es ganz leicht!«

»Okay, ich versuche es noch mal.« Tapfer nahm Joline einen neuen Anlauf. »Oh nein, ich schaffe es einfach nicht

Hast du was dagegen, wenn ich mein Sushi einfach aufspieße?«

»Kommt gar nicht infrage.«, platzte Jana heraus. »Du bist nicht dumm, Nelly. Du bleibst solange hier sitzen, bis du diese Fingerakrobatik beherrscht.«

Joline ist keine Sportskanone, dachte ich lakonisch, vertilgte das Nassfutter, das Jana für mich besorgt hatte, und rollte mich unter dem Tisch zu einer kleinen Kugel zusammen, um mir ein Erholungsschläfchen zu gönnen. Dieser Nachhilfeunterricht würde lange dauern. Glücklicherweise konnte das Essen nicht kalt werden.

27. Kapitel:
✔ Der klügste Kater der Welt ✔

»Ob das Käseblättchen etwas Wichtiges über den Toten vom See herausgefunden hat?«

Am frühen Vormittag hatte mein Frauchen unseren Lokalanzeiger aus dem Briefkasten gefischt und sich an den

Küchentisch gesetzt, um ihn in aller Ruhe zu studieren. Ihr Gesicht nahm einen überraschten Ausdruck an. Stolz tippte sie mit dem Zeigefinger auf ein großes Bild auf der ersten Seite. »Schau mal, Snowbell. Das bist du.« Neugierig sprang ich auf ihren Schoß und überflog den Artikel, der mit einem niedlichen Porträt von mir gekrönt worden war. »Kluge Spürnase: Ein kleiner Kater wittert ein Verbrechen. Ziemlich gut getroffen, nicht wahr?«

»Jau.« Als wahrheitsliebendes Tier musste ich ihr zustimmen. Der Knipser hatte ganze Arbeit geleistet. Es war eine gelungene Aufnahme, die mich in voller Schönheit zeigte. Wahrscheinlich hatte ich jetzt Groupies. Menschliche. Weibliche. Eine attraktive ledige Katzendame in der Nachbarschaft, die einem erotischen Abenteuer wohlwollend gegenüberstand, wäre mir lieber gewesen. Schließlich war ich ein heranwachsender Kater und kam in das gefährliche Alter.

»Nach Angaben der Staatsanwaltschaft soll der Tote an einem Herzinfarkt gestorben sein. Dennoch kann eine Vergiftung nicht ausgeschlossen werden. Angeblich ist ein Blaubeermuffin, das in der Nähe des Tatortes aufgefunden wurde, mit dem Pflanzenschutzmittel E 605 versetzt worden.«

Mein Frauchen schüttelte sich. »Brr. Wer tut denn so etwas?«

Ein Giftmischer. Nein, korrigierte ich mich selbst. Eine Giftmischerin. Backen war eine weibliche Domäne. Männer mordeten anders. Sie bevorzugten Pistolen und Messer, wie ich aus den Krimis im Fernsehen gelernt hatte, die wir uns jeden Sonntagabend zu Gemüte führten. Mein Ehrgeiz war geweckt. Ja, ich musste die Ermittlungen in diesem ungeklärten Fall aufnehmen und in meinem Revier herumschnüffeln. Wer weiß, vielleicht würde ich die Täterin überführen. Dann würde die Schlagzeile in unserem Käseblättchen lauten: »Sherlock Kater löst das Rätsel.«

»Die Identität des unbekannten Toten ist geklärt worden. Es handelt sich um den Pensionär Wilhelm Wiegand, der in Lünen-Horstmar geboren und aufgewachsen war.«, las Joline mir vor. »Nach einer kaufmännischen Ausbildung hat er seine Heimat verlassen und ist in die USA ausgewandert, wo er bis zu seiner Pensionierung in leitender Funktion in einem mittelständischen Unternehmen tätig war. Vor wenigen Wochen ist der alleinstehende Mann nach Lünen-Horstmar zurückgekehrt, um seinen Lebensabend in der alten Heimat zu verbringen.«

Mein Frauchen ließ das Blatt sinken, faltete es ordentlich zusammen und legte es auf den Küchentisch. Ihr hübsches Gesicht nahm einen grüblerischen Ausdruck an. »Warum wollte er ausgerechnet hier seine letzten Jahre verbringen? Ohne Familie und ohne Freunde?«

Nachdenklich strich sie sich eine widerspenstige Haarsträhne aus der Stirn. »Und warum hat er seine Rückkehr nur wenige Wochen überlebt?«

197

Während sie gedankenverloren in den Garten ging, um frische Tomaten zu ernten, inspizierte ich mein Revier und überprüfte es nach feindlichen Gerüchen. Von dem grässlichen Kampfkater Anton war weit und breit nichts zu riechen und zu sehen. Wahrscheinlich hatte er ein neues Opfer gefunden. Beruhigt atmete ich auf, widmete mich meinen häuslichen Pflichten und forschte unter dem Komposter nach ängstlich fiependen Mäusekindern, die ich zum Fressen gern hatte.

»Hallo Nelly, hallo Snowbell!«
Interessiert drehte ich mich um. Ausnahmsweise war unser neuer Nachbar nicht auf einer Motorradtour. Er hatte seine Harley Davidson in der Garage geparkt, sich in seinen Garten begeben und voller Tatendrang den Rasenmäher geschnappt. Sein Einsatz war mehr als nötig. In den letzten Wochen war das Gras tüchtig in die Höhe geschossen.

Der verstorbene Opa würde sich im Grabe umdrehen, wenn er von seiner Wolke herunterguckte. Ehrlich gestanden, war mir dieser lässige Lifestyle viel lieber als ein reglementiertes Gartenglück. Gänseblümchen, Pusteblumen und Löwenzahn sahen schön aus und machten lange nicht so viel Arbeit wie die stark duftenden Rosen meines Frauchens, die mir immer in mein Schnäuzchen piekten, wenn ich mal schnuppern wollte.

»Habt ihr den Artikel gelesen?«, wollte Ben wissen, und Joline ließ ihr Gemüse im Stich und trat an den Gartenzaun, um sich mit Ben über die aufsehenerregenden Nachrichten aus unserer Gemeinde auszutauschen. »Ja klar, ich schneide alles aus. Snowbell ist sehr fotogen. Er könnte als Modell groß rauskommen.«
»Du hast Recht, aber ich meine einen anderen Bericht.«
Es war schwer, gegen den lauten Rasenmäher anzuschreien. Deshalb

schaltete Ben das Gerät aus und machte eine kleine Pause, bevor er die Schlagzeile wiederholte. »Der klügste Kater der Welt!«

War schon wieder eine literarische Meisterleistung über mich im Käseblatt erschienen? Zugegeben, ich war sehr intelligent. In Lünen-Horstmar konnte mir kein Artgenosse das Wasser reichen. Diese Tatsache stand zweifelsfrei fest. Wahrscheinlich war es schwer, mir in Nordrhein-Westfalen Paroli zu bieten. Was Deutschland betraf, war ich mir nicht so sicher. Von Europa oder anderen Kontinenten ganz zu schweigen. Schließlich stand ich am Beginn meiner Laufbahn als Nachwuchs-Detektiv. Ach, diese Journalisten mussten immer übertreiben. Wahrscheinlich war ich das jüngste Opfer der Klatschpresse von Lünen. Ich wunderte mich über gar nichts mehr. In der Saure-Gurken-Zeit waren die Schreiberlinge nie um einen Aufmacher verlegen.

»Dieser Kater geht in die Universität und hat einen eigenen Büchereiausweis!«

Hä? Ich verstand nur Bahnhof. In den vergangenen Wochen war ich nur bis zum Seepark gekommen. Also konnte nicht von mir die Rede sein.

»Ach, unser Snowbell ist genauso belesen.«, winkte Joline lässig ab, während ich zu ihr trabte. »Wenn ich ein Buch aus dem Bücherschrank nehme und mich in meinen Lieblingssessel setze, um in aller Ruhe zu lesen, springt er mir gleich auf den Schoß, um sich sein eigenes Urteil über meine Lektüre zu bilden. Hin und wieder gönnt er sich eine Kostprobe und knabbert den Einband an. Spannende Psychothriller findet er zum Anbeißen.«

Missbilligend runzelte ich meine Stirn. Joline! Du bist eine kleine Plaudertasche. Meine literarischen Vorlieben sind intim und sollten unter uns bleiben. Schließlich verrate ich ja auch nicht, dass du heimlich Glamour-Zeitschriften liest, während du seelenruhig ein großes Glas Nutella auslöffelst. Dieses Laster solltest du dir schleunigst abgewöhnen. Sonst wirst du mit deinen ausgeprägten weiblichen Kurven niemals in die schicken Kleidchen in Size Zero passen, welche dir so gut an den wunderschönen Fotomodellen gefallen.

»Schau an. Fortbildung ist wichtig.« Verschwörerisch zwinkerte Ben mir zu. »Snowbell ist ein kluges Tier. Wie steht es mit seinen PC-Kenntnissen?«

»Perfekt.«, versicherte Joline. »Schließlich thront er auf dem Drucker und schaut mir interessiert zu, wie ich Klassenarbeiten an meinem Laptop konzipiere.«

»Vielleicht möchte er seine eigenen Erlebnisse zu Papier bringen?«

»Wer weiß.« Versonnen zupfte mein Frauchen einige verwelkte Blätter von ihren geliebten Rosen ab. »Mir fallen hübsche Titel für seine literarischen Werke ein. Was hältst du von ‚Amor auf vier Pfoten‘ oder ‚Ein Kater zum Verlieben‘?«

»Romantische Groschenromane lese ich nicht.«, lachte Ben vergnügt. »Auf jeden Fall solltest du deinen treuen Gefährten nicht daran hindern, die Welt zu entdecken. Zumindest sollte er seinen Garten Eden betreten können, wann es ihm beliebt. Hast du schon mal über den Einbau einer Katzenklappe nachgedacht?«

Konnte dieser Mann Gedanken lesen? Ich hätte Ben küssen können. Aber unter Männern reichte ein Stupser mit der Pfote aus. »Miau!«

»Siehst du, meine Idee gefällt ihm. Wann soll ich loslegen?«

»Wann immer du willst.« Mein Frauchen gab sich geschlagen. »Besorg, was du brauchst. Du hast freie Hand und meinen Segen. Sonst gebt ihr zwei ja keine Ruhe mehr.«

28. Kapitel:
🐾 Extra-Touren 🐾

Natürlich war es kein feiner Zug von mir, mein Frauchen zu hintergehen. Was sollte ich machen? Sie hätte es mir kategorisch verboten, meinen geheimen Garten zu verlassen. Wie sollte ich an wichtige Informationen in dem spannenden Mordfall kommen, der unsere heile Welt erschüttert hatte? Der Mörder – pardon: die Mörderin – würde kaum an unserer Haustür schellen, sich schluchzend zu erkennen geben und auf die Polizei warten. Mörder haben kein schlechtes Gewissen, nur Mitleid mit sich selbst. Also gab es keinen anderen Weg. Ich musste mit meinen Artgenossen sprechen und sie fragen, ob sie etwas bemerkt hatten. Nun gut, um Anton würde ich einen weiten Bogen machen. Unsere Antipathie beruhte auf Gegenseitigkeit. Glücklicherweise war der Killerkater ja auch nicht besonders helle.

Nach einer kurzen Bedenkzeit hatte mein Frauchen unserem neuen Nachbarn gestattet, die Villa Katzenblick auf den neuesten Stand der Technik zu bringen und eine Katzenklappe für mich einzubauen. Ben hatte die günstige

Gelegenheit genutzt, sich von seiner besten Seite zu zeigen und seine handwerklichen Fähigkeiten zu demonstrieren. Schließlich wollte er die Gunst meines Frauchens gewinnen und ihre freundschaftliche Beziehung vertiefen. Mit dem Einbau der Katzenklappe hatte er wichtige Punkte sammeln können. Seine Erfolgskurve zeigte steil nach oben. Mein Frauchen war ihm dankbar – und ich war ihm zu ewigem Schnurren verpflichtet. Schließlich hatte Ben mir den Schlüssel zur Freiheit geschenkt. Endlich war ich unabhängig geworden.

Tief in meine Gedanken versunken, leckte ich mir über die Pfote und fuhr mir über mein seidenweiches Fell. Wenn ich mich auf den Weg machte, musste ich möglichst gut aussehen. Alle Katzendamen waren unverbindlichen Flirts nicht abgeneigt. Doch sie stellten gewisse Ansprüche an ihr Gegenüber. In diesem Punkt waren sie Frauen sehr ähnlich. Wenn ich sie zum

Reden bringen wollte, musste ich auf meine Optik setzen und sie mit meinem Charme betören. Es war neun Uhr. Folglich hatte ich freie Bahn für meine Recherchen. Mein Frauchen schwitzte in der Schule und hämmerte ihren Schützlingen elementare Kenntnisse in Rechtschreibung und Zeichensetzung ein. Vor 13:30 Uhr war nicht mit ihr zu rechnen. Ben kam noch später nach Hause und konnte mir ebenfalls nicht ins Handwerk pfuschen. Was er beruflich machte, hatte ich noch nicht herausfinden können. Aber er machte einen zufriedenen Eindruck auf mich. Er war stets gut gelaunt und hatte immer einen lustigen Spruch auf den Lippen.

Wie ein Blitz huschte ich durch unseren Garten. Die Drosseln spotteten: »Huch, Kleiner, bist du heute ohne deine Mama unterwegs? Hast du eine Extratour geplant? Hast du gar keine Angst, dass du verloren gehst?«
Leider hatte ich keine Zeit, ihnen die Zähne zu zeigen. Mit einem geschickten

Satz sprang ich über unser Gartentor und war auf dem Schleichweg, den wir vor wenigen Tagen zusammen betreten hatten. Bis zu der stillen Straße waren es nur wenige Minuten. Gerade hatte eine alte Dame mit kurzgeschnittenen weißen Haaren ihr freistehendes Einfamilienhaus verlassen, um den Müll nach draußen zu bringen. Nachdem sie ihre häuslichen Pflichten erfüllt hatte, wandte sie mir ihre Aufmerksamkeit zu und schenkte mir ein freundliches Lächeln: »Hallo, wer bist du denn?«

Ihre Stimme klang sympathisch, melodisch und ruhig. Auch ihre Augen strahlten Güte und Sanftmut aus. Aufmerksam ließ ich meinen Blick auf ihr ruhen. Was ich sah, gefiel mir. Von dieser lieben alten Dame konnte keine Gefahr ausgehen. Mit steil aufgerichtetem Schwanz lief ich ihr entgegen und strich schnurrend um ihre Beine. Sofort beugte sie sich zu mir und kraulte mich unter dem Kinn. »Du bist ja ein ganz Lieber. Kommst du meine Blue besuchen?«

Blue? Ich kannte kein Katzenmädchen mit diesem seltsamen Namen. Während ich noch überlegte, lockte mich die alte Frau: »Komm mit mir ins Haus, mein Kleiner. Möchtest du einige Leckerlis kosten?«

Mein Verstand sagte mir, dass es eine Falle sein könnte. Mein Magen wischte diese Bedenken beiseite. Nein, diese gepflegte alte Dame konnte unmöglich die böse Hexe aus dem Märchenbuch sein, die Hänsel und Gretel in ihr Hexenhaus gelockt hatte. Sie war gut gekleidet, lebte in einer stattlichen Villa und konnte sich es leisten, in einem Supermarkt einkaufen zu gehen. Deshalb signalisierte ich ihr meine Zustimmung, indem ich ein leises Maunzen ausstieß. Willig folgte ich ihr in das rotverklinkerte Haus, das über einen klassischen Zuschnitt verfügte. Von einem repräsentativen Flur lotste mich die alte Dame in ein großzügiges Wohnzimmer, das mit kostbaren

Antiquitäten eingerichtet war. Staunend stand ich in einem gläsernen Anbau, der mir freie Sicht in einen weitläufigen Garten erlaubte. Wow! Was für ein Garten Eden! Vor meinen Augen flatterten farbenfrohe Schmetterlinge in einem wahren Meer von Blumen. Sie waren zum Haschen nahe – und weit von mir entfernt.

»Mach den Mund zu. Es zieht.«, motzte mich eine freche Stimme an. Überrascht drehte ich mich um und erkannte die schlecht gelaunte winzige Perserkatze, die sich vor wenigen Tagen in der Buchsbaumhecke verborgen hatte. Sie war eine wahre Schönheit, wie ich zu meinem Erstaunen bemerkte. Ihr dichtes glänzendes Fell leuchtete in drei verschiedenen Farben. »Drück deine Nase nicht so fest an die Scheiben. Das gibt Flecken.«

»Bist du Blue?«, vergewisserte ich mich, und sie nickte mir hochmütig zu. »Du bist ja ein Schnellmerker.«

Ihre bernsteinfarbenen Augen funkelten mich an. »Ein ganz helles Köpfchen. Ich heiße Bluebell.«

»Das ist ein komischer Name.«, wunderte ich mich, und sie rümpfte ihre feine kleine Nase. »Wieso? Kannst du kein Englisch?«

Als ich meinen Kopf schüttelte, klärte sie mich mit einem verächtlichen Lächeln auf. »Bluebell bedeutet Glockenblume. Meine alte Lady schätzt die Royal Horticultural Society. Als es ihr gesundheitlich gut ging, ist sie regelmäßig nach England gereist. Dort hat sie mich auf einer Katzenausstellung erworben. Ich stamme aus einer vornehmen Familie. Meine Vorfahren sind internationale Champions, und mein Stammbaum ist länger als dein Schwanz.«

Ich wagte nicht zuzugeben, dass ich keine Ahnung hatte, wovon sie sprach. Meine Minderwertigkeitsgefühle wuchsen von Minute zu Minute. Majestätisch nahm Bluebell auf einem geflochtenen

Clubsessel Platz und sah auf mich herab wie eine stolze Königin, die einem mittellosen Untertan eine Audienz gewährt. »Wie heißt du eigentlich?«

»Snowbell. Man nennt mich Belly.«

»Ach.« Ihr Gesichtsausdruck wechselte von Arroganz zu Verwunderung. »Was für ein ungewöhnlicher Name! Snowbell bedeutet Alpenglöckchen. Interessiert sich deine Besitzerin für Botanik?«

»Natürlich. Wir haben einen wunderschönen Garten.«, protzte ich. Das war nicht gelogen. Wenn Bluebell so auf die Kacke haute, musste ich kontern. Sonst hielt sie mich für einen armen Schlucker, der sich in der vornehmen Nachbarschaft durchschnorrte. Mir reichte es, dass sie mich bereits als geistig zurückgeblieben abgestempelt hatte. Was meinen Vornamen anging, hatte sie leider recht. Ich hatte geglaubt, nach einem Schneeball benannt worden zu sein. Uuuh. Wie peinlich!

Deshalb überspielte ich meine Verlegenheit mit einem Redeschwall. »Mein Frauchen hat den grünen Daumen. Unsere englischen Rosen duften wie feines Parfüm. Du musst uns mal besuchen kommen.«

»Ich werde darüber nachdenken.«

Diese Antwort war nichtssagend. Bluebell schien nicht an einem Gespräch interessiert zu sein. Dennoch wollte ich sie unbedingt in eine Unterhaltung verwickeln. »Wohnst du schon lange hier?«

»Ja.« Wieder wich Bluebell einer klaren Antwort aus. »Seit vielen Monden.«

»Du bist sehr klug und kommst viel herum.«, schmeichelte ich ihr. »Hast du zufällig etwas Ungewöhnliches bemerkt?«

»Mir entgeht nichts.«, sagte sie hochnäsig. »Kannst du dich bitte konkreter ausdrücken?«

»Dann hast du bestimmt davon gehört, dass ein alter Mann tot aufgefunden worden ist.«, platzte ich heraus. »Angeblich soll er sich regelmäßig im Seepark Horstmar aufgehalten haben. Ich

212

kann mich nicht an ihn erinnern. Hast du ihn zufällig gesehen, als du eine Runde durch dein Revier gedreht hast? «

»Zufällig.«

»Bitte …«, flehte ich sie an. Bluebell musste ihr Wissen mit mir teilen.

»Soll nicht alles seinen gewohnten Gang gehen? Die meisten Menschen brauchen Rituale, um ihre Umwelt zu strukturieren. Sie lieben das Gefühl, die Kontrolle über ihr Leben zu haben.« Bluebells Blick war in die Ferne gerichtet. Ihre Stimme war ein Flüstern. »Der verstorbene alte Mann liebte lange Spaziergänge. Er war jeden Tag unterwegs, vormittags und nachmittags, zu bestimmten Zeiten. Nachdem er seine Runde um den See beendet hatte, hat er sich auf eine Bank gesetzt und auf das Wasser gestarrt. Stundenlang.«

»Jeden Tag?«, wunderte ich mich. »Ist ihm nicht langweilig geworden?«

»Nein.« Bluebell maunzte leise. »Er war eine einsame Seele, die um ein verlorenes Leben getrauert hat.«

»Ach.«, staunte ich. »Hat er seine nächsten Angehörigen verloren und sich vergilbte Fotos aus der guten alten Zeit angesehen?«

»Von einem Foto weiß ich nichts.«

Von einer Sekunde zur anderen kehrte Bluebell in die Gegenwart zurück. Ihr hübsches Gesicht nahm einen misstrauischen Ausdruck an. »Warum willst du das wissen? Was geht dich dieser Unbekannte an? Warum fragst du mich aus?«

»Unterhaltet ihr euch, Kinderchen?«

Gut gelaunt kam die alte Dame aus der Küche. In ihren Händen trug sie ein Tablett, auf dem verschiedene Snacks in silbernen Schalen angerichtet waren. Verzückt hob ich mein Köpfchen und schnüffelte. Ach, sie wollte Bluebell und mich mit feinen Delikatessen wie Thunfisch und Krabben verwöhnen. Der Sabber lief mir im Mund zusammen.

»Bilde dir keine Schwachheiten ein. Du bist kein Freund des Hauses!« Die ausdrucksstarken Augen von Bluebell verengten sich zu schmalen Schlitzen. »Wenn meine alte Lady dich zum Dinner einladen möchte, kann ich dich schlecht aus dem Haus jagen. Eins sag ich dir: die Krabben gehören mir. Sonst … « Anmutig hob sie die Pfote und ließ ihre messerscharfen Krallen aufblitzen. Ich schluckte. Mit dieser Katzendame war nicht gut Kirschen essen. Das stand bombenfest.

»Bitte schön, meine Lieben!« Mit diesen Worten stellte die alte Dame zwei Schälchen vor meine Nase. Bluebell sprang vom Clubsessel, drängte mich zur Seite und machte sich so breit, dass ich nicht mehr an das Schälchen mit den Krabben kommen konnte. Zumindest gestattete sie mir, mich aus dem zweiten Schälchen zu stärken. Thunfisch war keine schlechte Alternative, auch wenn es in meiner Nähe verführerisch nach Krabben duftete und Bluebell

demonstrativ laut schmatzte, um mir
eins auszuwischen.

»Lasst es euch schmecken.«
Meine liebenswürdige Gastgeberin hatte
sich in einen Korbsessel gesetzt und
sah uns lächelnd zu, wie wir mit lautem
Schnurren die köstlichen Spezialitäten
verzehrten. Meine Zufriedenheit wuchs
mit jeder Minute. Ich konnte mich nicht
über mein Frauchen beklagen. Doch
Bluebell hatte das große Los gezogen.
Sie lebte in einer traumhaften Villa
mit einem weitläufigen Garten, und ihre
Besitzerin war eine vornehme alte Dame,
die ein großes Herz für alle Katzen zu
besitzen schien.
Meine neue Freundin war sich ihrer
hohen gesellschaftlichen Position
bewusst und komplimentierte mich nach
dem kleinen Snack ohne viel Federlesens
hinaus. »Ich würde es begrüßen, wenn du
uns jetzt verlassen würdest. Meine alte
Lady muss sich zurückziehen. Sie ist
gesundheitlich angeschlagen und braucht
ihre Ruhe.«

»Darf ich wiederkommen?«, fragte ich sie mit klopfendem Herzen, und sie brummte gleichmütig. »Von mir aus.«

»Wenn du möchtest, könntest du mich besuchen.«, schlug ich ihr vor. »Ich wohne ganz in der Nähe, im Rosenweg vierzehn.«

»Ich werde darüber nachdenken.«, versprach sie gnädig. »Mach es gut, Snowbell. Nimm die Katzenklappe, dann bist du in unserem Garten. Einmal über die Hecke hopsen – zack, bist du wieder auf der Straße. Du findest doch allein nach Hause zurück? Oder soll meine alte Lady nach einem Polizisten schicken, der das verloren gegangene Katerchen zu seinem schluchzenden Frauchen zurückbringt?«

29. Kapitel:
🐾 Venus im Pelz 🐾

Bluebell hielt Wort. Drei Tage später tauchte sie in unserem Garten auf und nahm mein Reich unter die Lupe. Ich hatte nicht mit ihrem Besuch gerechnet und freute mich wie ein Schneekönig, auch wenn sie aller Wahrscheinlichkeit nach nicht die Sehnsucht nach mir hergetrieben hatte, sondern die blanke Neugierde. Mit hochnäsiger Miene stolzierte sie durch unseren Garten, inspizierte jeden Kieselstein und nickte mir herablassend zu. »Hübsch. Natürlich kann man dein Reich nicht mit meinem Garten Eden vergleichen. Deine Dosenöffnerin ist eine begabte Amateurin, während meine Besitzerin einen angesehenen Landschaftsgärtner engagiert hat, um unser Anwesen nach ihren Vorstellungen anlegen zu lassen.« Aus ihrem Mäulchen klang das fast wie eine Beleidigung. Aber ich durfte nicht jedes Wort auf die Goldwaage legen. Ich wollte mich mit ihr anfreunden. Denn ich brauchte unbedingt eine tierische Verbündete in Lünen-Horstmar.

»Danke. Nimm doch Platz.«

Bluebell schaute sich gründlich um. Mein Lieblingssofa schien ihren Geschmack zu treffen. Zumindest das

218

blaue Kissen fand Gnade vor ihren Augen. Sie rollte sich zu einer Kugel zusammen und schloss demonstrativ ihre Lider. Ich war enttäuscht. Wollte sie sich nicht mit mir unterhalten? War sie gekommen, um ein Schläfchen auf meiner Bank zu machen?

»Bist du müde?«

»Nein.«, brummte Bluebell. Mit dieser einsilbigen Antwort konnte ich nichts anfangen. »Warum legst du dich hin?« Bluebell reagierte patzig. »Willst du mich nerven? Frag mir gefälligst keine Löcher in den Bauch.«

»Entschuldigung.«, murmelte ich, und sie nickte gnädig. »Angenommen. Du bist ein Katzenkind, das gutes Benehmen lernen muss.«

Von ihr? Meine Nackenhaare stellten sich auf. Diese arrogante Katzendame hatte eine völlig falsche Selbstwahrnehmung. Wahrscheinlich war sie von ihrer Besitzerin verzogen worden. »Wie geht es deiner alten Lady?«

»Geht so. Sie fühlt sich nicht wohl, und ich mache mir Sorgen.«

»Ist sie krank?«

Bluebell rümpfte ihre feine Nase. »Du erwartest nicht ernsthaft eine Antwort auf diese indiskrete Frage?«

Phh. Ich hatte mit der Pfote mitten ins Fettnäpfchen geschlagen. »Hat deine Besitzerin keine Angehörigen?«

»Nein.« Bluebell blieb einsilbig, doch ich wollte nicht aufgeben. »Keine Kinder? Keine Enkel?«

»Nein. Sie hat nur mich.«

»Dann habt ihr eine sehr enge Beziehung?«, folgerte ich, und Bluebell stimmte mir freimütig zu. »Ja. Sie vertraut mir alle Geheimnisse an. Denn ich kann schweigen wie ein Grab.«

Sie legte ihr Köpfchen schief. »Du bist sehr naiv. Das sieht man dir an deinem kurzen Schnurrbart an. Dir fehlt jegliche Lebenserfahrung. Das ist nicht böse gemeint, Belly, du wächst behütet auf, wirst geliebt und verwöhnt und musstest dich noch nie auf der Straße prügeln. Du glaubst an das Gute und traust niemand etwas Böses zu. Deshalb bin ich mir sicher, dass du nicht das Mäulchen halten kannst und alles ausplapperst, was man dir erzählt.«

»Nein!«
Empört drehte ich ihr den Rücken zu. »Bist du gekommen, um mich zu beleidigen?«
»Nein. Ich wollte dir nur auf den Zahn fühlen.«, säuselte Bluebell. »Wie du bestimmt bemerkt hast, lasse ich nicht gern andere Lebewesen an mich heran.«
»Ja.« Verblüfft wandte ich wieder meine volle Aufmerksamkeit zu. »Hast du schlechte Erfahrungen gemacht?«
»Man kann nie vorsichtig genug sein.«, erläuterte mir Bluebell ihre Prinzipien. »Glaub nie das, was du hörst – nur das, was du siehst. Für schöne Worte kannst du dir nichts kaufen. Das ist der Lieblingsspruch meiner alten Lady.«

Interessant. Hatte die alte Frau etwas zu verbergen? Für meinen Geschmack war sie jenseits von gut und böse. Sie hatte nicht den Eindruck erweckt, die Hüterin eines dunklen Geheimnisses zu sein. Irren war kätzisch. Nachdenklich kratzte ich mich hinter dem Ohr.

»Hast du Flöhe?«

»Was?« Irritiert starrte ich Bluebell an, die gleich nachhakte. »Oder anderes Ungeziefer?«

»Spinnst du?«

Bluebell ließ sich nicht aus der Ruhe bringen. »Bist du gegen die gefährlichen Seuchen geimpft worden?«

»Ja, sicher. Warum?«

»Ich will mir keine ansteckenden Krankheiten von dir holen.«, erklärte Bluebell, und ich platzte heraus: »Du bist unausstehlich.«

»Wie bitte?« Die Augen meiner neuen Katzenfreundin wurden kugelrund. »Was hast du gerade gesagt?«

»Ich verstehe nicht, dass eine freundliche alte Dame eine so schlecht erzogene Katze hält, die ihren Artgenossen schlimme Beleidigungen an den Kopf wirft. Hat deine Katzenmutter dir keine Manieren beigebracht?«

»Du bist unverschämt. Das nimmst du zurück!«, fauchte mich Bluebell wutentbrannt an. Doch ich ließ mich nicht von ihr einschüchtern. »Vergiss es. Du verträgst die Wahrheit nicht. Stimmt's oder hab ich Recht?«

Drohend hielt mir Bluebell ihre Pfote unter die Nase. »Überlege dir gut, was du sagst, Belly.«

»Glaub nur nicht, dass ich Angst vor dir habe. Ich bin jünger und kräftiger als du.« Trotzig erwiderte ich ihren Blick, ohne mit dem Schnurrbart zu zucken. »Willst du es wirklich auf eine Auseinandersetzung mit mir ankommen lassen?«

30. Kapitel:
❧ Mein kleines Geheimnis ❧

Wider Erwarten hatte Bluebell nachgegeben und ihre scharfe Zunge im Zaum gehalten. Wir verabredeten uns regelmäßig, wetzten durch den großen

Garten und fingen bunte Schmetterlinge. Ich hatte den Eindruck, dass sie sich über meine Besuche freute, auch wenn sie es niemals zugegeben hätte. Offensichtlich gab es nicht allzu viele Spielgefährten in ihrem Leben. Ihre Artgenossen schienen ihr aus dem Weg zu gehen, was mich – ehrlich gestanden – nicht wunderte.

Auch die alte Dame schien mich in ihr Herz geschlossen zu haben. Inzwischen kannte ich ihren richtigen Namen: Lydia Möller. Sie nahm mich auf den Schoß, küsste mich auf die Nase, fütterte mich mit ausgewählten Leckerbissen und nannte mich ihr »kleines Geheimnis«. Eigentlich hatte ich nicht viel für sentimentales Gewäsch übrig, aber für sie machte ich eine Ausnahme.

»Hast du Lust auf eine Reise in die Vergangenheit, Snowbell?«
Mirrr. Mit einem zustimmenden Schnurren rollte ich mich auf dem Schoß meiner Gönnerin zusammen, um mir verstaubte
224

Fotoalben mit vergilbten Bildern anzuschauen. Währenddessen hielt Bluebell ein Nickerchen. Offensichtlich hatte sie diese Aufnahmen tausendmal in ihrem Leben betrachten müssen. Für mich war alles neu und aufregend, und ich schenkte Lydia Möller meine volle Aufmerksamkeit, als sie mir aus ihrem Leben erzählte. Sie stammte aus einer gutbürgerlichen konservativen Familie in Lünen-Horstmar. Ihr Vater war ein angesehener Arzt, ihre Mutter stammte aus einer alteingesessenen Pfarrersfamilie. Als einziges Kind hatte sie eine sorgfältige Ausbildung erhalten. Nachdem sie ein glänzendes Abitur an einem Mädchengymnasium abgelegt hatte, war sie zum Studium in eine weit entfernte Stadt gezogen. Später hatte sie die Praxis ihres früh verstorbenen Vaters übernommen und für ihre Mutter bis zu deren Tod gesorgt.

Soweit gefiel mir ihre Lebensgeschichte gut. Meine Katzenmutter hatte mir Respekt vor dem Alter und Loyalität gegenüber den Eltern eingebläut. Trotzdem war sie dem schönen Geschlecht nicht abgeneigt gewesen. Mein Vater hatte ihr gewaltig den Kopf verdreht. Dafür waren meine Geschwister und ich der lebende Beweis. Leider erzählte mir Lydia Möller gar nichts über ihr Liebesleben. Bluebell schwieg sich ebenso eisern über dieses Thema aus. Warum?

»Schluss mit diesen alten Geschichten!« Energisch klappte Lydia Möller das vergilbte Fotoalbum zu. »Man sollte die Vergangenheit ruhen lassen, findest du nicht auch?«
Ich legte den Kopf schief, überlegte einen kurzen Moment lang und stimmte ihr aus vollem Herzen zu. Wenn mein Frauchen mir wegen schlechten Benehmens eine Standpauke hielt und bei dieser Gelegenheit alle meine längst vergessenen Sünden aufwärmte, war das sehr unangenehm für alle Beteiligten. Wer möchte unter die Nase gerieben bekommen, dass er am Ledersofa

gekratzt, den Vorhang im Wohnzimmer hinuntergerissen, eine Blumenvase von der Fensterbank geschmissen und eine Scheibe Frühstücksspeck geklaut hat? Diese Vergehen waren Banalitäten, die eine gute freundschaftliche Beziehung zwischen einem Menschen und einem Tier nicht erschüttern durften. Vor allem, wenn der reuige Sünder sich selbst gar nicht mehr daran erinnern konnte. Man sollte über diese Lappalien hinwegsehen, gut gelaunt in die Zukunft blicken, jeden Moment auskosten und das Leben genießen. »Miau!«

31. Kapitel·
🐾 8 Pfoten für ein Halleluja! 🐾

Als ich satt und zufrieden nach Hause trotten wollte, hörte ich ein verdächtiges Scheppern an den Mülltonnen. Ich hielt in der Bewegung inne. Wer mochte das sein? Meine Alarmglocken schrillten, und mein Schwanz peitschte vor Nervosität hin und her. Dann hörte ich eine höhnische

Stimme, die ich unter tausenden herausgehört hätte: »Frisst du dich überall durch, kleiner Schleimscheißer? Hab ich dir nicht gesagt, dass du mein Revier nicht betreten darfst?«

Es war Anton, der rachsüchtige Killerkater aus meiner Straße. Er musste mir aufgelauert haben, um mir eine gehörige Abreibung zu verpassen. Wir waren nur wenige Meter voneinander entfernt. Für eine Flucht war es zu spät. Ich atmete tief durch und spannte die Muskeln an. »Was willst du von mir? Lass mich in Ruhe, sonst gibt es Ärger.«

»Tsstss. Du nimmst die Schnauze ganz schön voll, wenn dein Frauchen nicht in der Nähe ist.«, spottete Anton. »Hast wohl länger nichts auf die Fresse gekriegt, was?«

»Halt dein Maul, du Kotzbrocken!«

Als ich diese Worte hörte, fuhr ich herum. Wenige Schritte von mir entfernt stand Bluebell, deren bernsteinfarbene Augen vor Wut funkelten. »Spiel dich nicht als König von Lünen-Horstmar auf.

Du widerst mich an. Es ist an der Zeit, dir dein großes Maul zu stopfen.«

Sie warf mir einen auffordernden Blick zu. »Gleich hörst du die Mäuschen unter dem Komposter fiepen. Auf ihn mit Gebrüll!«

Mit vereinten Kräften stürzten wir uns auf den überraschten Anton. Während Bluebell ihre scharfen Zähne in seine Ohren bohrte und sich anschließend in seinem Nacken verbiss, traktierte ich seine Schlägervisage mit meinen ausgefahrenen Krallen. Anton bäumte sich auf und schrie vor Schmerz: »Zwei gegen einen! Acht Pfoten gegen vier! Ihr Kamikatzen!«

Unser Kampf ging über mehrere Runden. Dann kniff Anton den Schwanz ein und schoss heulend davon. Ich warf Bluebell einen bewundernden Blick zu. »Du bist ja eine echte Powerkatze. Eine Frau mit Biss! Antons linkes Ohr hängt nur noch in Fetzen.«

»Deine Links-Rechts-Kombination ist auch nicht von schlechten Eltern. Du hast Anton tüchtig zugesetzt, Belly. Wahrscheinlich sieht er jetzt doppelt.«

»Den Durchblick hatte er noch nie, wenn du mich fragst.«, lächelte ich Bluebell an. »Danke, dass du mich nicht im Stich gelassen hast.«

»Das wäre ja noch schöner! Wir sind Freunde, hast du das vergessen?«

Selbstbewusst warf sie ihren hübschen Kopf in den Nacken zurück. »Vor Anton ziehe ich nicht den Schwanz ein. Er braucht ab und zu einen auf die Zwölf, damit er nicht größenwahnsinnig wird. Von nun an wird er einen weiten Bogen um uns machen.«

»Du kannst ihn nicht leiden, stimmt's?«

»Richtig geraten. Ich hasse ungebildete Fettsäcke mit großer Schnauze, die sich an heranwachsenden Artgenossen vergreifen müssen, um ihr eigenes Ego aufzupolieren.«

Vergnügt zwinkerte sie mir zu. »Anton wird den heutigen Tag verfluchen. Wenn ich will, kann ich sehr gehässig sein, Belly. Deshalb werde ich allen anderen Katzen in der Nachbarschaft von unserer

230

Schlacht und Antons Niederlage erzählen. Dann ist Antons Ruf in Lünen-Horstmar endgültig ruiniert. Vielleicht ersäuft er sich im See. Schade wäre es nicht um ihn.«

Müde und ramponiert schleppte ich mich nach Hause. Das Atmen fiel mir schwer. Im Laufe des Gefechts hatte ich einige Knüffe in die Rippen bekommen, und nun keuchte ich wie eine altersschwache Dampflokomotive. Meinem Frauchen konnte ich so nicht unter die Augen kommen. Sie hätte mich unter den Arm geklemmt und wäre mit mir zum Tierarzt gefahren, mit dem ich wegen der angedrohten Kastration eine Rechnung offen hatte. Für eine weitere Prügelei fehlte mir die Kraft. Ich brauchte eine Erholungspause. Deshalb entschied ich mich, Ben einen Besuch abzustatten. Männer konnten schweigen. Mit letzter Kraft schlüpfte ich unter dem Loch im Zaun durch, ließ mich erschöpft auf den Rasen fallen und streckte alle Viere von mir.

»Hallo, Sportsfreund!«

Mit diesen Worten baute sich Ben vor mir auf und musterte mich kritisch. Als cooler Typ verschwendete er keine Zeit, sondern kam gleich zur Sache. »Bist du in eine Schlägerei geraten?«

»Miau.« Mein ramponiertes Aussehen ließ keine anderen Schlüsse zu.

»Hast du gewonnen?«

»Jau.«, informierte ich unseren Nachbarn über meinen Sieg gegen meinen erbitterten Feind Anton, und Ben schenkte mir ein anerkennendes Lächeln.

»Gut. Weiß Joline davon?«

»Nä.« Sicherheitshalber schüttelte ich mein Köpfchen, doch Ben verstand, was ich ihm sagen wollte. Voller Mitgefühl sah er mich an. »Tut's weh?«

»Hau …«, jammerte ich leise, und Ben nickte wissend. »Hm. Dann kümmere ich mich mal um deine Macken. Irgendwo muss ich noch ne Salbe haben …«

32. Kapitel:

🐾 Damenbesuch 🐾

Gegen Abend vermisste mich mein Frauchen. Aufgelöst machte sie sich auf den Weg zu Ben, klingelte Sturm an seiner Haustür und fragte mit bebender Stimme. »Snowbell ist nicht nach Hause gekommen. Ich mach mir solche Sorgen, Ben. Hast du ihn zufällig gesehen?«

»Pst.« Ben legte den Finger auf die Lippen und bedeutete ihr zu schweigen. »Er schläft.«

»Bei dir?«, wunderte sich Joline, und Ben schmunzelte. »Ja klar, ich bin nicht gemeingefährlich. Allmählich solltest du wissen, dass ich großen Wert auf ein gutes Verhältnis zu meinen Nachbarn lege.«

»Wo ist er denn?«, wollte Joline wissen, und Ben antwortete: »Er liegt auf meinem Sofa im Wohnzimmer. Komm ruhig rein. Ich beiße nicht!«

Mein Frauchen zögerte wenige Sekunden lang, dann siegte ihre angeborene Neugierde. Schließlich hatte sie noch nie seine heiligen vier Wände betreten, während er sich bei uns fast wie zu Hause fühlte. Willig folgte sie ihm in sein minimalistisch eingerichtetes Wohnzimmer, das in klaren Formen und zurückhaltenden Farben gehalten war.

»So lebst du also.«

»Gefällt es dir?«

»Äh – ja. Es ist sehr reduziert. Doch ich kann eine klare Linie erkennen.« Nachdrücklich klopfte sie auf den massiven Wohnzimmertisch. »Dieses alte Schätzchen ist garantiert ein Erbstück. Von deinem Großvater?«

»Richtig geraten. Ich mag die Kombination von modern mit alt und wertig.«, entgegnete Ben. »Setz dich doch, Nelly. Magst du ein Glas mit mir trinken? Und etwas plaudern? Snowbell hat bestimmt nichts dagegen.«

War das eine plumpe Anmache? Wollte er sie in sein Bett locken? Oder handelte es sich um höfliche Konversation? Ich hob ein Augenlid und ließ es wieder fallen. Nein, mein Frauchen musste selbst auf sich aufpassen. Ich war geschafft! Heute war ich definitiv nicht mehr in der Lage, einen einzigen Laut von mir zu geben. Ben hatte meine Wunden versorgt und mich zu seiner Couch getragen. Nachdem er eine Kuscheldecke über mich gebreitet hatte, war ich binnen weniger Minuten in einen tiefen Schlaf gefallen, aus dem mich das Läuten an der Tür geweckt hatte. Zugegeben: es war interessant, einem vertraulichen Gespräch seiner Lieblingsmenschen zu lauschen. Dennoch zog ich es angesichts meiner Blessuren vor, mein Erholungsschläfchen fortzusetzen.

»Mein kleiner Draufgänger.«
Mein Frauchen setzte sich auf die Couch, beugte sich über mich und strich mir mit den Fingerspitzen über mein Fell. Behaglich seufzte ich auf und drückte meine Krallen in das Kissen.

Diese Frau hatte magische Hände. Sie traf genau die richtigen Punkte.

Höflich reichte Ben ihr ein Glas Wein. »Manchmal möchte man glatt mit Snowbell tauschen.«

»Lass gut sein.« Kichernd nahm Joline das Getränk entgegen. »Ein Schnurrbart würde dir nicht stehen.«

»Okay, dann lasse ich es bleiben, auch wenn Jamie Dornan gerade en vogue ist.«

»Ich stehe auf Bad Boys.«, flirtete Joline ungeniert, und Ben ließ ein gutturales Knurren hören: »So?«

Ben zog dieses Wort in die Länge. Unnötig lange für meinen Geschmack. Neugierig spähte ich zwischen meinen halb geschlossenen Lidern hindurch und beobachtete, wie er sich neben sie setzte und seinen Arm um sie legte. Vertrauensvoll lehnte mein Frauchen ihren Kopf an seine Schulter und schloss ihre Augen. Sie machte einen sehr entspannten Eindruck, und Ben hauchte ihr einen Kuss auf das Haar. Was für ein verheißungsvoller Auftakt! So nah waren sich meine

Lieblingsmenschen noch nie gekommen. Vor lauter Aufregung begann mein Herz schneller zu schlagen. Hach, Ben und Nelly spielten Romeo und Julia auf dem Sofa. War das der Beginn einer großen Liebesgeschichte?

»Du bist süß, Nelly.«, flüsterte Ben. »Hab ich dir schon gesagt, dass ich dich sehr gern habe …«

»Hmm …«

Mein Frauchen schnurrte fast so schön wie Bluebell und kuschelte sich noch enger an ihn. Ich war entzückt, bis etwas Feuchtes auf mein Fell tropfte. Dann fuhr ich hoch wie eine Rakete.

»Bäh! Mäh!«

Mein Frauchen ließ alle romantischen Gefühle sausen und stand sofort senkrecht neben mir. »Snowbell blutet!«

»Quatsch.« Ben verdrehte die Augen. »Du hast ihm gerade dein Glas Rotwein übers Fell gekippt - und auf meine Couch. Ich hole mal einen Lappen aus der Küche.«

»Oh, das tut mir leid!«

Mein Frauchen lief knallrot an und hielt sich an ihrem leeren Weinglas fest. Sie sah aus wie ein begossener Pudel. Wenn ich nicht ein tropfnasser Kater gewesen wäre, hätte ich Mitleid mit ihr empfinden können. Aber ich musste an mich denken, beziehungsweise an den Zustand meines wunderschönen schneeweißen Fells. Vorsichtig leckte ich mir mit der Zunge über meinen Rücken und schüttelte mich angeekelt. Das teure Gesöff schmeckte entsetzlich. Trockenlecken fiel flach. Sonst würde ich womöglich heute Abend in der höchsten Tonlage singen. Also musste ich trocken gerubbelt werden, auch wenn mir alle Knochen wehtaten. Verdammte Hacke! Warum hatte mein Frauchen nicht aufpassen können? Hatte eine verliebte Frau sich nicht mehr unter Kontrolle? Gab es einen Kurzschluss in ihrem Gehirn?

Ben sah aus, als ob er den gleichen Gedanken hegte, auch wenn er sich betont lässig durch sein wuscheliges Haar fuhr und auffällig gute Laune verbreitete. »Mach dir keine Gedanken,

Nelly. Es ist ja nichts passiert. Gar nichts. Zum Glück.«

33. Kapitel:
❧ Der Lohn der bösen Tat ❧

Eigentlich war eine Prügelei nicht gerade eine Heldentat, auf die man stolz sein durfte, auch wenn sie positive Auswirkungen auf meine soziale Stellung in der Hierarchie der Katzen von Lünen-Horstmar hatte. Anton hatte sein Prestige als unbesiegbarer Killerkater verloren und wurde von allen Seiten angefeindet. Er war untergetaucht und wagte sich kaum noch aus seinem Versteck, weil er entsetzliche Angst hatte, in aller Öffentlichkeit angegriffen und verdroschen zu werden. Wenn er nicht so ein fieses Arschloch gewesen wäre, hätte er mir leidgetan. Aus gegebenem Anlass verkniff ich mir jedes Mitgefühl und trabte mit stolz geschwellter Brust zu meiner treuen Freundin Bluebell. Auf dem Weg lächelten mir zwei attraktive

Miezen zu, die eng aneinander geschmiegt auf einer Wiese lagen und die warmen Sonnenstrahlen genossen.

»Hallo, Belly!«

Irritiert zuckte ich zusammen. Wer waren diese Katzen? Was wollten sie von mir? »Äh – hi.«

»Weißt du, dass du der Kater bist, von dem man in Lünen-Horstmar spricht?«, säuselte die Linke. »Stimmt es, dass du Anton windelweich geprügelt hast?«

»Äh – ja.«

Auf die Schnelle fiel mir kein cooler Spruch ein. Die Katzendamen erhoben sich graziös, tänzelten an mich heran und schnurrten mir fette Komplimente ins Ohr. »Du bist ja ein richtiger Draufgänger. Ein echter Rabauke. Dabei siehst du gar nicht so wild aus. So kann man sich täuschen.«

»Öh …«

»Wir sind Mädi und Püppi.«, stellten sie sich mit kokettem Augenaufschlag vor. »Wir wohnen in deiner Nähe und sind deine größten Fans.«

Was waren das für dusselige Namen? Ihre Besitzer konnten nicht die hellsten Lichter auf der Torte sein. Auch die zierlich gebauten Miezen wirkten wie intellektuelle Leichtgewichte. Hübsch waren sie, das musste ihnen der Neid lassen. Mädi war eine schwarz-weiß gefleckte Katze, während Püppi eine graugetigerte Schönheit war. Zu meiner Verwunderung schienen sie ein lebhaftes Interesse an mir zu haben. Mir wurde ganz komisch. Was wollten diese reifen Miezen von mir?

»Hast du Lust, mit uns spazieren zu gehen? Wir drehen täglich eine Runde im Park. Ein Beschützer wäre gar nicht schlecht …«

Der Park war das rettende Stichwort. Ich holte tief Luft und lächelte meine Gesprächspartnerinnen an. »Frischluft soll gesund sein. Dann erlebt ihr viele aufregende Abenteuer.«

»Das kannst du laut sagen.«, stimmte Mädi zu und leckte sich kokett ihr Pfötchen. »Wir haben sogar den Toten vom See gesehen. Bist du nicht über die

Leiche gestolpert? Ich hab ein Foto von dir in der Zeitung gesehen, sehr sexy …«

»Wie bitte?«

Mit offenem Mäulchen starrte ich sie an. »Ihr könnt euch an den Verstorbenen erinnern? Wo habt ihr ihn getroffen? Wann seid ihr ihm begegnet? Ein einziges Mal oder öfters?«

»Na, zwei- oder dreimal.«, antwortete Mädi. »Im Park.«

»Sogar hier in der Nähe.«, fiel ihr Püppi ins Wort, die sich wichtigmachen wollte. »Wenige Tage vor seinem Tod.«

»Wo?«

»Er hat dort drüben geklingelt.« Sie wies mit der Pfote zum Haus von Lydia Möller. »Die alte Dame hat ihn nicht hereingebeten, sondern ganz kurz mit ihm gesprochen. Dann hat sie ihm die Tür vor der Nase zugeknallt.«

»Dieses Benehmen sieht ihr gar nicht ähnlich.«, wunderte ich mich. »Lydia Möller ist eine liebenswürdige alte Dame. Sie hat ein ausgeglichenes Wesen und hat noch niemals mit mir geschimpft.«

»Ja, Mädi und ich konnten es nicht fassen. Wenn sie uns sieht, hat sie immer ein gutes Wort und einige Leckerchen für uns übrig. Von dieser Seite kennen wir sie nicht.«, pflichtete Püppi mir bei. »Wenige Tage später war sie wie ausgewechselt. Als sie den fremden alten Mann auf einem Spaziergang im Park getroffen hat, hat sie ihn höflich gegrüßt und sich zu ihm auf die Bank gesetzt, um mit ihm ein Schwätzchen zu halten.«

»Unmöglich.« Fassungslos starrte ich Püppi an. »Ihr müsst euch irren.«

»Nein. Wir lügen nicht.«, versicherte mir Mädi mit einem treuherzigen Augenaufschlag. »Sie haben sich gut verstanden. Wir wollten nicht lauschen, aber sie haben nicht auf ihre Umgebung geachtet und in ihren gemeinsamen Erinnerungen geschwelgt. Auf jeden Fall hat die alte Dame von der Tanzschule erzählt, und der fremde Mann hat laut gelacht.«

»Hast du noch mehr gesehen? Hat sie ihm ein kleines Präsent mitgebracht?«, insistierte ich. »Wann ist sie wieder nach Hause gegangen?«

»Ich weiß nicht.«, wich Mädi einer klaren Antwort aus. »Ich hatte es eilig …«

»Weil du ein Rendezvous hattest …« kicherte Püppi. »Mädi steht schnell in Flammen. Dann vergisst sie alles um sich herum.«

»Gar nicht wahr, du lügst!«, zischte Mädi böse. »Du bist nur neidisch, weil ich besser bei den Katern ankomme als du!«

Während Mädi und Püppi miteinander zankten, fühlte ich mich lebhaft an die wilden Hühner in der Villa Katzenglück erinnert. Diese Miezen waren nicht leicht zu handeln. Irgendwie unterschieden sie sich kaum von Melissa und Jana, die genauso eigenwillig waren. Ich musste die Gunst der Stunde nutzen, diese aufdringlichen mannstollen Weibsbilder endgültig abzuschütteln und unauffällig das Weite zu suchen. »Mädels, es tut mir sehr leid.« Ich schaute ihnen tief in die Augen und hoffte, nicht allzu blöde auszuschauen. »Leider hab ich heute keine Zeit für euch. Wir sehen uns.«

Während ich mit steil aufgerichtetem Schwanz nach Hause trabte, hämmerte es in meinem Kopf. Warum hatte mir Bluebell nichts von dieser letzten Begegnung erzählt? War sie harmlos? Hatte sie ihr keine Bedeutung beigemessen? Oder wollte sie mich aus dieser privaten Angelegenheit heraushalten? Zweifelte sie an meiner Loyalität? Hatte sie kein Vertrauen zu mir? Obwohl ich ganz kribbelig wurde, wenn ich in ihrer Nähe war? War das Liebe?

34. Kapitel:
🦋 Schmetterlinge im Bauch 🦋

Irgendwie hatte ich Schmetterlinge im Bauch, auch wenn ich gar keine gefangen und gefressen hatte. Immer wenn

Bluebell zu mir hinüberschaute, machte mein Herz einen Hüpfer und mein Verstand setzte aus. Seit unserer gemeinsamen Attacke gegen Anton konnte ich selbst kaum glauben, was ich für einen Unsinn veranstaltete, wenn ich in ihrer Nähe war. Wie ein Besessener raste ich durch unseren Garten, sprang mit ausgefahrenen Krallen an den Kirschbaum und markierte den starken Macker, bis alle Vögel entsetzt davonstoben. Unter den bewundernden Blicken von Bluebell ließ ich mich wieder zu Boden gleiten und kehrte mit lässiger Miene zu ihr zurück. Auf das Erklimmen von Ästen in luftiger Höhe verzichtete ich wohlweislich. Schließlich war ich schon einmal als Fallobst auf der Wiese gelandet.

Leider blieben mir unangenehme Überraschungen nicht erspart. Vor wenigen Tagen war ich im wahrsten Sinne des Wortes baden gegangen. Lydia Möller hatte einen sehr schönen Teich, in dem fette Fische ihre Bahnen zogen.

246

Bluebell sprach von Koi-Karpfen, aber diese Bezeichnung sagte mir nichts. Für mich sahen diese Wassertiere aus, als ob sie eine ausgezeichnete Mahlzeit für zwischendurch abgeben würden. Ich wollte Bluebell beweisen, dass ich ein geschickter Jäger war, der eine Katze ernähren konnte, und versuchte mit der Pfote nach den Fischen zu haschen. Leider hatte ich mich wohl etwas zu weit vorgewagt. Denn ich verlor das Gleichgewicht und plumpste mitten in das eiskalte Wasser. Die Kaltblüter glotzten mich an, zuckten mit den Flossen und überließen mich meinem Schicksal. Sollte ich in diesem Teich ertrinken? Was sollte mein armes Frauchen ohne mich anfangen? Ohne mich war sie rettungslos verloren und ganz allein auf dieser Welt. Meine süße Katzenfreundin Bluebell hatte mir gerade ihr kleines Herz geschenkt. Sollte sie schon wieder allein durchs Leben wetzen müssen? Nein, meine sieben Katzenleben waren noch nicht abgelaufen. Ich war noch viel zu jung, um meine letzte Reise zu den goldenen Steppen anzutreten und der Katzengöttin Bastet zu dienen. Verzweifelt ruderte ich mit den Pfötchen und kreischte um Hilfe. »Miau! Miau! Miau!«

»Mann über Bord!«
Glücklicherweise hatte Lydia Möller mein Missgeschick mitangesehen. Sie brach in helles Lachen aus und zog mich mit einem Käscher wieder hinaus. Ich war tropfnass und fror entsetzlich. Fürsorglich drückte die liebe alte Dame mich an ihre Brust und trug mich in ihr elegant eingerichtetes Badezimmer. »Jetzt werden wir zwei ein weiteres Geheimnis miteinander teilen, mein Liebling.«, raunte sie mir verschwörerisch ins Ohr. »In diesem derangierten Zustand kannst du deinem Frauchen nicht unter die Augen kommen. Deshalb werde ich dich waschen und föhnen müssen.«
Entschlossen stellte Lydia Möller mich in das Waschbecken und ließ warmes Wasser über mein Fell brausen. Dann

griff sie nach einem Handtuch und rubbelte mich trocken. Vor lauter Entsetzen konnte ich mich nicht gegen diesen massiven Eingriff in meine Privatsphäre zur Wehr setzen. Nach einer gefühlten halben Ewigkeit setzte sie mich auf die kuschelige Badematte, um sich eine andere Beschäftigung zu suchen. Ich wähnte mich in Sicherheit und wollte aufatmen, als die alte Dame ein merkwürdiges Gerät einschaltete, das nicht nur laut brummte, sondern heiße Luft in meine Richtung pustete und mein seidenweiches Fell zu Berge stehen ließ. Verzweifelt sah ich mich nach einem Fluchtweg um, aber Bluebell versperrte mir den Ausgang und grinste über ihr ganzes Gesicht: »It´s showtime, Belly. Wer schön sein will, muss leiden.«

Als ich sauber und trocken wieder in meinem Zuhause angelangt war, war ich mit den Nerven völlig am Ende. Mit letzter Kraft schleppte ich mich zu meinem Kratzbaum, ließ mich in meine

Hängematte plumpsen und rollte mich zu einer kleinen Kugel zusammen. Meine Energie reichte noch nicht einmal mehr zum Abendessen. Während mein Frauchen in der Küche hantierte und meinen Napf füllte, blieb ich wie ein fauler Sack liegen und schlug die Pfoten über dem Kopf zusammen. Was war bloß los mit mir? Warum machte ich mich eigentlich für eine verwöhnte Katzendiva zum Narren? Irgendwie verhielt ich mich genauso merkwürdig wie mein Frauchen, wenn sie auf heißes Kätzchen machte und unseren Nachbarn anhimmelte. Wir hatten beide einen gewaltigen Sprung in der Schüssel. Schwachsinn schien verdammt ansteckend zu sein.

35. Kapitel:
🐾 Sturzflug 🐾

Ha! Das Vogelbaby, das vor meiner Nase die ersten Flugversuche unternommen hatte, gehörte mir. Während der Jagd hatte meine Spielgefährtin Bluebell mich nicht eine Sekunde lang aus den

Augen gelassen. Anerkennend nickte sie mir zu. »Diese Aktion hätte ich dir gar nicht zugetraut. Gut gemacht, Belly.«
Die Eltern des Vogelkindes waren anderer Ansicht und schrien Zeter und Mordio. Die anderen Drosseln erklärten sich solidarisch und stimmten in das Gejammer ein. Das wilde Gekreische dröhnte in meinen Ohren. Ich hatte die Nase gestrichen voll und beschloss, mit meiner Beute das Weite zu suchen. Leider lief mir mein Frauchen über den Weg, das als entrückte Blumenfee durch unseren Garten wandelte. Sie erwachte aus ihrer Trance, setzte ihre strenge Lehrerinnenmiene auf und fragte: »Was hast du in deiner Schnauze, Snowbell?«

Als höfliches Tier wollte ich ihr antworten. Leider fiel mir das Vogelkind aus der Schnauze. Es war noch nicht tot, sondern fiepte aus Leibeskräften und schlug verängstigt mit den Flügeln. Ich hob die Pfote, um ihm endgültig den Schnabel zu stopfen, aber mein Frauchen war schneller als ich gedacht hatte. Sie ging in die Hocke, nahm das Vögelchen in ihre Hand und stöhnte mit tränenerstickter Stimme: »Was hast du getan?«

Na was wohl? Eigentlich war diese Frage schwachsinnig. Ich hatte mich als Jäger von altem Schrot und Korn bewiesen und wünschte mir anerkennende Lobeshymnen von meinem sozialen Umfeld. Joline verkannte die Situation und heulte los: »Wenn das Tierchen stirbt, ist das deine Schuld. Dieses verdammte männliche Imponiergehabe finde ich zum Kotzen. Du Mörder!«
Ben hielt ihr Gejammer für einen willkommenen Anlass, den starken Mann zu markieren, in unseren Garten zu stürmen und sich ungefragt in unser Familienleben einzumischen. »Was ist passiert, Nelly?«
»Snowbell hat in einem Nest geräubert und ein Vögelchen schwer verletzt.«, klagte Joline mich an, und ich kniff erzürnt die Augen zusammen. Dieses Vergehen hatte ich nicht begangen.

Schließlich kletterte ich nicht in die Bäume. Das Tier war schlichtweg zu dämlich zum Fliegen gewesen. Es war vor meinen Augen abgestürzt und in meinem Maul gelandet wie ein Würstchen aus dem Schlaraffenland. Ich hatte nur die Schnauze geöffnet und zugeschnappt. Also war es einwandfrei nicht meine Schuld gewesen, sondern eine Verkettung unglücklicher Umstände.

»Oh weh, unser Piepmatz muss schlimme Schmerzen haben.«, klagte Joline. »Schau nur, er kann seinen rechten Flügel nicht mehr bewegen.«

»Lass mal sehen.« Behutsam untersuchte Ben meine Beute, die kaum noch ein Lebenszeichen von sich gab. »Das sieht böse aus. Ein Flügel ist gebrochen. Ich gehe davon aus, dass unser Vogelbaby weitere innere Verletzungen hat.«

»Meinst du, dass es sterben muss?« Ängstlich blickte Joline zu Ben auf, dessen düsterer Blick nichts Gutes verhieß. »Ich bin mir ziemlich sicher Sei nicht so traurig. Fressen und gefressen werden ist der Lauf der Welt.«

»Nein. Du irrst dich.«, widersprach Joline. »Ich werde nicht aufgeben, sondern alles versuchen, was möglich ist.«

Mit tränenumflortem Blick suchte sie nach einem Taschentuch, ohne mir ein gutes Wort zu gönnen. Mir war mulmig zumute. Irgendwie hatte ich bei dieser Sache viele Federn gelassen.

»Gleich fahre ich mit unserem Vögelchen in die Tierklinik. Unser Tierarzt wird wissen, was zu tun ist. Dann werde ich den Piepmatz gesund pflegen. Für die erste Zeit dürfte ein Schuhkarton ausreichen. Mit einer Pipette kann ich unserem kleinen Patienten Wasser einflößen.«, kündigte Joline an. »Ben, bitte sei so gut und fahre ins Zoogeschäft, um Spezialfutter für Drosseln zu kaufen. Das Vögelchen soll nicht Hunger leiden müssen.«

»Diese Aktion bringt nichts, Joline.« Ben schüttelte seinen Kopf. »Einen Einkauf im Zoogeschäft können wir uns sparen. Ich denke nicht, dass dein Piepmatz eine Chance hat.«

»Ben!«, flehte Joline, und unser Nachbar gab sich einen Ruck. »Also gut. Weil du es bist, werde ich mich auf die Socken machen.«

Trotz ihres Einsatzes überlebte das Vögelchen nicht. Mein Frauchen kam mit geröteten Augen vom Tierarzt zurück und stellte den Schuhkarton, in dem sie das Vögelchen transportiert hatte, auf den Gartentisch. »Der Tierarzt hat unseren Piepmatz einschläfern müssen …«

Tief erschüttert fiel sie Ben in die Arme und heulte wie ein Schlosshund. Sein ganzes T-Shirt wurde nass. Ben sagte kein einziges Wort, während er unablässig ihren Rücken streichelte. Mit gesenktem Kopf lief ich herum in unserem Garten herum und schämte mich, ohne zu wissen warum. Schließlich war ich ein Kater. Jagen gehörte zu meinem Leben. Bluebell rührte sich nicht von ihrem Lieblingsplatz auf dem Sofa und beobachtete mich aus ihren unergründlichen bernsteinfarbenen Augen. Ich war ihr dankbar, dass sie keine Partei beziehen wollte und mir jeden Kommentar aus ihrer frechen Schnauze ersparte.

Ben hatte meinem Frauchen versprechen müssen, für eine anständige Beerdigung zu sorgen. Bluebell und ich leisteten ihm Gesellschaft, als er ein klitzekleines Grab unter dem Holunderbusch aushob. Tief in seine Gedanken versunken, brummte er vor sich hin: »Ich weiß nicht, warum ich nicht einfach die Biege mache. Dieses kleine Blumenmädchen ist nicht ganz dicht. Doch sie hat eine verdammt schöne Seele.«

»Wen meint er?«, fragte Bluebell irritiert. »Mich?«

»Nelly.«, antwortete ich. »Mein Frauchen.«

Bluebell kicherte vergnügt. »Okay, dann weiß ich, von wem du deinem Dachschaden hast. Schwachsinn steckt in der Familie.«

36. Kapitel:
🐾 Rettung in letzter Minute 🐾

Bluebell hatte sich mehrere Tage nicht mehr bei mir blicken lassen. Allmählich machte ich mir Sorgen. Sie war zwar eine kapriziöse verwöhnte Prinzessin, aber ich hatte den Eindruck gewonnen, dass sie mich auf ihre merkwürdige Art in ihr kleines Herz geschlossen hatte. Ich musste mich mit meinen eigenen Augen überzeugen, dass alles in Ordnung war.

Mein Frauchen war zu Hause und wuselte im Garten herum, aber ich hatte keine andere Wahl. Entschlossen zog ich mich am Gartentor hoch und plumpste wie ein Mehlsack auf die Erde. Mit meiner Sportlichkeit war es wohl nicht so weit her, wie ich geglaubt hatte. Verlegen blickte ich nach links und rechts. Hoffentlich hatte niemand meine Bruchlandung gesehen und lachte sich gerade über mich kaputt. Alles blieb ruhig. Puh! Erleichtert atmete ich auf. Glück gehabt! Dann wetzte ich über den Trampelpfad und steuerte zielsicher das Haus von Lydia Möller an. Auf den ersten Blick sah alles normal aus. Der gepflegte Vorgarten hatte sich dank der Bauernhortensien in einen Blütentraum in Weiß, Blau und Rosa verwandelt, der keinerlei trübe Stimmung aufkommen ließ. Auch Dahlien und Herbstanemonen zeigten sich in ihrer schönsten Blüte, genauso wie der Löwenzahn. Hm … Nachdenklich kratzte ich mich hinter dem Ohr. Zählte Löwenzahn nicht zu den lästigen Unkräutern, die man gnadenlos ausrotten musste? Wenn ich gründlich darüber nachdachte, meinte ich mich daran zu erinnern, dass sich mein Frauchen vor einigen Tagen mit dem Unkrautstecher bewaffnet hatte, um unsere Blumenbeete vom Löwenzahn zu befreien. Auch wenn Joline die wichtigste Frau in meinem Leben war, musste ich als ehrliches Tier zugeben, dass Lydia Möller ordentlicher war als sie. Unter keinen Umständen hätte meine liebe alte Dame ihren prächtigen Vorgarten verwildern lassen. Also stimmte hier etwas nicht!

Entschlossen schlug ich den geheimen Weg in den Garten ein, um mir durch die Katzenklappe Eingang in das Haus von Lydia Möller zu verschaffen. Zu meiner Verwunderung war der Wintergarten fest verschlossen, alle Lamellen vor den Fenstern waren heruntergelassen und die Katzenklappe ließ sich nicht öffnen. Wie seltsam! Normalerweise durfte meine beste Freundin Bluebell sich frei in dem weitläufigen Garten bewegen.

Meine Alarmglocken schrillten. Irgendetwas war faul. Besorgt hämmerte ich mit meiner Pfote gegen die verriegelte Tür und kreischte aus Leibeskräften. »Miau!!!«

Da! Hinter dem Korbsessel tauchte eine winzige Katze auf, die sich mühsam in meine Richtung schleppte. Zwei riesige Augen starrten mich durch die Glasscheibe an.

»Bluebell!«, rief ich entsetzt. »Was ist mit dir?«

»Ich kann hier nicht mehr raus, Snowbell.«, krächzte meine beste Freundin. »Die verdammte Katzenklappe klemmt. Hol Hilfe!«

»Du kannst dich auf mich verlassen, Bluebell. Ich bin gleich wieder da!« Tapfer versuchte ich, mir meine Besorgnis nicht anmerken zu lassen. Bluebell sah schlecht aus, ihr hübsches Gesichtchen wirkte schmal, müde und eingefallen, und ihr schönes Fell hatte seinen herrlichen Glanz verloren. Ich wusste nicht, was vorgefallen war, aber sie brauchte meine Unterstützung. Deshalb schenkte ich ihr ein aufmunterndes Maunzen, bevor ich im Eiltempo nach Hause jagte. Mit hängender Zunge erreichte ich unseren Garten. »He, Sportsfreund. Stellst du gerade einen Weltrekord im Dauerlaufen auf?«

Ben war mein Retter in der Not!

Ich mobilisierte meine letzten Kräfte, hechtete über den Zaun und landete mitten im Blumenbeet, wenige Schritte von Ben entfernt, der sich gerade zu einem Schönheitsschläfchen im Liegestuhl niederlassen wollte. Mit freiem Oberkörper, einer zerrissenen Jeans und ausgetretenen Turnschuhen hatte ich ihn noch nie gesehen. Mir fielen fast die Augen aus dem Kopf, als ich ihn von oben bis unten betrachtete. So viele Tätowierungen auf einem männlichen Körper hatte ich noch nie erblickt. Unser Muskelprotz sah aus wie ein lebendiges Gemälde.

Fast hätte ich den Grund meines Besuchs vergessen. Ich nahm meinen Mut zusammen und biss Ben zärtlich in seine Hand. »Autsch! Spinnst du?«
Sein Zetern lockte mein Frauchen heran, die sich als Blumenfee in ihrem Garten betätigt hatte. Neugierig lugte sie über den Zaun. »Was ist los?«
»Ach, nichts.« Ihr Anblick ließ Ben seine Schmerzen vergessen. Er war schon

wieder zu Scherzen aufgelegt. »Snowbell hat mich zum Anbeißen lieb.«

Nein, auf diese Liebesbekundungen legte ich keinen gesteigerten Wert. Mein Dosenfutter schmeckte garantiert besser als menschliche Extremitäten. Angeekelt schüttelte ich mich, wandte meine Aufmerksamkeit meinem Frauchen zu und kreischte: »Miau!!«

»Belly ist komisch drauf.«, kicherte Joline. »Hast du ihm selbstgebackene Haschkekse angeboten?«

Mein Gott, waren diese Menschen schwer von Begriff. Zornig sprang ich auf den Schoß von Ben, der sich in seinen Liegestuhl gesetzt hatte, und traktierte seinen durchtrainierten Oberkörper mit meinen weichen Pfötchen. Mit einem frechen Grinsen wehrte er meine Bemühungen ab. »Lass das gefälligst, ich steh nicht auf Sadomaso.«

»So habe ich Belly noch niemals erlebt.«

Nachdenklich zupfte mein Frauchen an ihrem Pferdeschwanz, während ich zu unserem Gartentor raste und meine Krallen an dem verwitterten Holz wetzte. »Ich glaube, er will uns etwas sagen.«

»Dass er einen Knall hat?«, gab Ben zurück. »Das glaube ich ihm sofort.«

»Nein. Wir sollen ihm – folgen.« Joline hatte die richtigen Schlüsse aus meinem merkwürdigen Benehmen gezogen. Nun warf sie Ben einen auffordernden Blick zu. »Zieh dir was drüber. So kannst du nicht auf die Straße gehen.«

»Findest du mich nicht attraktiv?«, wollte Ben wissen und erhob sich von seinem Liegestuhl. Seine dunklen Augen funkelten sie spöttisch an, während er seine Muskeln spielen ließ.

»Doch. Du bist sehr sexy. An dir würde ich mir gern meine Finger verbrennen.«, gab Joline offen zu. »Leider müssen wir auf unsere konservativen Nachbarn Rücksicht nehmen.«

Ben schnappte sich ein frisch gewaschenes Shirt von der Wäschespinne und zog es sich über den Kopf. »Wie gefällt dir dieser Look?«

»Hot!«, kicherte Joline vergnügt. »Nimm es mir nicht übel, Ben. Du siehst verboten aus. So kannst du dich nicht auf der Straße sehen lassen.«

»Du bist nicht schöner, Baby.«

»Stimmt.« Betreten musterte sie ihr schmutziges Jeanskleidchen, das längst in die Waschmaschine gehört hätte. »Was soll's? Dann sind wir ein verrücktes Paar. Los, Ben, Belly gibt schon Gas, wir müssen hinterher!«

Der Fliederweg wirkte wie ausgestorben. Wahrscheinlich hatten die meisten Anwohner das schöne Wetter genutzt, um einen kleinen Ausflug zum Horstmarer Seepark zu machen. Prüfend bauten sich Joline und Ben vor dem freistehenden Haus von Lydia Möller auf und unterzogen es einer kritischen Betrachtung. Auf den ersten Blick schien für meine Dosenöffnerin alles in Ordnung zu sein. Wohlwollend ließ sie ihren Blick über die vielen Blumen im

Vorgarten schweifen. Doch von meiner besten Freundin Bluebell war keine Spur zu entdecken. Sie hatte sich nicht in der Buchsbaumhecke versteckt, um über ihr Revier zu wachen. Sie saß nicht auf der Fensterbank des Küchenfensters und hielt sehnsüchtig nach mir Ausschau, wie sie es sonst getan hatte. Dieser feine Unterschied war sogar meinem Frauchen aufgefallen. Sie zackelte nicht lange, ging zur Haustür und drückte auf die Schelle. Alles blieb still. Unschlüssig drehte sie sich zu Ben um. »Frau Möller scheint nicht zu Hause zu sein. Wahrscheinlich machen wir uns unnötige Sorgen. Schau mal, alle Rollläden sind hochgezogen.«

»Ich bin nicht davon überzeugt.«, brummte Ben. »Die Besitzerin hat sich garantiert elektrische Rollläden einbauen lassen. Schließlich ist sie eine vermögende alte Dame. Sonst könnte sie sich eine Villa in dieser Wohnlage nicht leisten.«

»Was schlägst du vor?«, fragte Joline, und Ben fällte eine Entscheidung. »Bei ihren Nachbarn werde ich nicht anschellen. Wenn sie mich sehen, erinnern sie sich an den letzten Tatort und rufen gleich die Polizei.«

Mit gerunzelter Stirn betrachtete er die einbruchsichere Haustür aus Aluminium. »Hier kommen wir nicht rein. Gibt es noch nen zweiten Eingang? Snowbell, du kennst dich bestens aus. Verrate uns deinen geheimen Schleichweg.«

Sofort rannte ich in Richtung Garten und zog mich über den Zaun. Ben folgte mir und nickte anerkennend. »Gut gemacht. Wir müssen hinterher.«

Mein Frauchen zögerte. »Über den Zaun?«

»Na klar. Er ist nicht allzu hoch, das schaffst sogar du.«, versicherte Ben. »Zur Not geb ich dir nen kleinen Schubs.«

»Untersteh dich!«

Mit rosig gefärbten Wangen mobilisierte Joline ihre Kletterkünste, schwang sich über den Zaun und ließ sich auf den Rasen fallen, dicht gefolgt von Ben, der dieses Hindernis locker bewältigte. Wenige Minuten später standen wir zu dritt vor dem Wintergarten, und Ben und Joline rüttelten vergeblich an der verschlossenen Tür. »Hier ist Endstation.«, jammerte Joline. »Was sollen wir bloß machen?«

»Keine Ahnung.«, gab Ben genervt zurück. »Ich bin kein Hellseher.«

Mit zusammengezogenen Brauen ließ er seinen Blick über den weitläufigen Garten schweifen. Dann hellte sich sein Blick auf. »Bingo!«

Mit einem zufriedenen Lächeln marschierte er zu einer Kräuterspirale, in der Salbei, Lavendel, Oregano, Melisse, Frauenmantel und Brunnenkresse wuchsen. Wollte er einen hübschen Strauß für mein Frauchen pflücken und ihre angespannten Nerven beruhigen? Ach nee, er hatte etwas Besseres im Sinn. Mit seinen starken Händen ruckelte er an der Spirale, bis sich ein dicker Stein löste und auf die Erde polterte. Sogar mein begriffsstutziges Frauchen hatte kapiert, was er im Schilde führte. »Ben, spinnst du komplett? Was du vorhast, ist Sachbeschädigung. Du darfst keine Scheibe einschlagen!«

»Fällt dir eine geeignete Alternative ein?« Ben ließ sich nicht aus der Reserve locken. Gleichmütig betrachtete er den Stein in seiner Hand. »Soll ich lieber den Schlüsseldienst rufen?«

Wenige Sekunden später klirrte es laut und vernehmlich. Mein Frauchen zuckte zusammen, hielt die Luft an und lauschte mit angespannter Miene, aber es blieb still. Die Alarmanlage schien nicht eingeschaltet zu sein. Erleichtert atmete Joline auf, während Ben vorsichtig mit seiner Hand durch die zerbrochene Scheibe tastete und die versperrte Tür zum Wintergarten entriegelte. »So, jetzt ist der Weg für uns frei.« Galant hielt er Joline die Tür auf und schaute sie erwartungsvoll an. »Wie war ich?«

»Zum Abgewöhnen!«, zischte mein Frauchen und drängte sich an ihm vorbei. »So viel kriminelle Energie hab

268

ich dir gar nicht zugetraut. Als Einbrecher bist du nicht zu schlagen, Ben. Bist du vorbestraft?«

»Nö.« Ben nahm ihr diese direkten Worte nicht übel. »Mein Täterwissen hab ich aus einer anderen Quelle. Hast du dich noch niemals ausgesperrt?«

Mein Frauchen blieb ihm die Antwort schuldig. Hinter einem Clubsessel ertönte ein leises Wimmern. Hoffentlich litt Bluebell keine Schmerzen. Besorgt lief ich zu ihr und leckte ihr über die Nase. »Alles ist gut, Bluebell.«

»Das ist doch die kleine Freundin von Snowbell.«

Alarmiert fuhr mein Frauchen herum. Mit einem einzigen Blick hatte sie die Situation erfasst: »Oh, die Arme muss eingesperrt gewesen sein. Bestimmt hat sie Hunger und Durst. Wir müssen uns um sie kümmern. Ben, kannst du bitte eine Schüssel Wasser für unsere Kleine holen?«

»Natürlich!« Ben nickte und machte sich auf den Weg. Wenige Sekunden schwankte ich, ob ich Bluebell allein lassen durfte. Dann fällte ich meine Entscheidung und überließ sie der Obhut von Joline. Mein Frauchen würde sich gut um meine kleine Freundin kümmern, während ich mich auf die Suche nach Lydia Möller machen würde. Routiniert lotste ich Ben in die Küche, damit er keine wertvolle Zeit mehr verschwenden musste. Dann setzte ich meine Mission fort und lief mit gesträubtem Fell die steile Treppe zum 1. Stock hinauf. Mir schwante nichts Gutes. Der Geruch des Todes war mir in die Nase gestiegen. Etwas Böses war in diesem Hause geschehen. Mein Herz klopfte vor Aufregung. Ich hatte tierische Angst, aber ich musste mir Gewissheit über das Schicksal von Lydia Möller verschaffen.

Die Tür zum Schlafzimmer war einen Spaltbreit geöffnet. Lydia Möller lag halb angekleidet auf ihrem Bett. Ihre Augen waren geschlossen, um ihren Mund spielte ein entrücktes Lächeln. Mit einem einzigen Blick erkannte ich, dass

Ben und Joline nicht den Notarzt verständigen mussten. Lydia Möller war tot. Wahrscheinlich hatte sie einen Schlaganfall erlitten, als sie sich nach dem Aufstehen ankleiden wollte. Sie hatte das Gleichgewicht verloren, war auf das Bett gestürzt und hatte nicht mehr aus eigener Kraft aufstehen und den Notarzt verständigen können. Bluebell hatte alles hilflos mitansehen müssen, aber nichts für ihr geliebtes Frauchen tun können.

Mein Herz wurde schwer, und am liebsten hätte ich vor Kummer laut aufgejault. Doch ich durfte mich nicht gehen lassen, sondern musste mich zusammenreißen. Traurig senkte ich meinen Kopf und tapste in das altmodisch eingerichtete Schlafzimmer. Die alte Lady hatte großen Wert auf Ordnung gelegt. Alles blitzte vor Sauberkeit. Ihr Boudoir sah völlig anders aus als das Reich meines Frauchens, das einem kreativen Chaos huldigte. Auf dem Nachttisch von Lydia

Möller lag ein vergilbtes Foto, das ich mit großen Augen betrachtete. Auf der Aufnahme waren zwei glückliche junge Menschen zu sehen, genauer gesagt: eine Frau und ein Mann, die sich verliebt anlächelten. Moment mal. Nachdenklich runzelte ich die Stirn. Ich war mir sicher, dieses Bild schon einmal in meinem Leben gesehen zu haben. Doch ich konnte mich beim besten Willen nicht mehr erinnern, ob es hier in diesem Hause oder bei einer anderen Gelegenheit gewesen war. Los, Belly, denk nach, feuerte ich mich an. Nein, Lydia Möller hatte mir dieses Bild nicht gezeigt. Ich hatte es im Park gesehen! Mir schwindelte. Ja, der alte Mann, den wir leblos auf einer Bank im Seepark aufgefunden hatten, war im Besitz des gleichen Bildes gewesen. Heiliges Mäuseschwänzchen, diese merkwürdige Übereinstimmung konnte nur eins bedeuten – und meine Lösung des Rätsels gefiel mir überhaupt nicht.

Vor meinen Augen rollte ein Film ab, der mir nicht zusagte. Vor vielen Monden waren Wilhelm Wiegand und Lydia Möller ein Liebespaar gewesen. Dann war etwas geschehen, das sie auseinandergebracht hatte. Wilhelm Wiegand hatte Lydia Möller im Stich gelassen und war spurlos verschwunden. Lydia Möller hatte ihr Leben in ihre eigenen Hände nehmen müssen. Allem Anschein nach war es ihr gelungen, ihre Träume zu verwirklichen und ein glückliches Leben zu führen. Sie hatte sich mit der Vergangenheit abgefunden, bis Wilhelm Wiegand aus heiterem Himmel wieder in ihrer Heimat aufgetaucht war. Vielleicht hatte er sich mit ihr aussprechen und sie um Verzeihung bitten wollen. Doch Lydia Möller hatte ihm diese Gnade nicht gewähren können. Sie hatte vergessen, aber nicht vergeben. Deshalb hatte sie ihn seine Schuld mit seinem Leben bezahlen lassen.

Was sollte ich tun? War ich der Wahrheit verpflichtet – oder sollte ich sie vertuschen? Nach einem schweren Kampf mit meinem Gewissen wischte ich das Foto mit der Pfote auf den Boden, schleppte es zum Katzenklo und zerfetzte es in tausend Stückchen, die ich in der Einstreu versteckte. Bluebell wusste, was geschehen war. Sie war loyal und hatte nichts verraten. Noch nicht einmal mir gegenüber, ihrem besten Freund. Ich würde eisern schweigen. Niemand durfte die Wahrheit erfahren. Lydia Möller sollte ihr tödliches Geheimnis mit in ihr Grab nehmen können.

Entschlossen kehrte ich ins Schlafzimmer zurück und ließ meinen Blick forschend umherschweifen. Gab es weitere verräterische Spuren, die ich verwischen sollte? Auf dem Fußboden lag ein klassisches Tagebuch mit einem rot-beige-karierten Stoffeinband, das mit einem silbernen Schloss vor neugierigen Blicken geschützt werden konnte. Es

274

musste vom Nachttisch gefallen sein, als ich das verräterische Foto entfernt hatte. Wer mochte seine Gedanken und Notizen für die Ewigkeit festgehalten haben?

Die Neugierde hielt mich in ihren Klauen. Behutsam stupste ich mit der Pfote die vergilbten Seiten um, die mit einer feinen weiblichen Handschrift bedeckt waren. Mit gekrauster Stirn fixierte ich das Datum. Die ersten Eintragungen lagen viele Jahrzehnte zurück. In Geschichte war ich schwach. Ich kannte keine Katze, die viele Monde auf dem Buckel hatte. Vielleicht hatte Bastet zu dieser Zeit über die Erde geherrscht? Egal, es spielte keine Rolle mehr. Auf jeden Fall enthielt dieses Tagebuch private Aufzeichnungen eines heranwachsenden jungen Mädchens, die es keinem Menschen auf dieser Welt anvertrauen mochte. Konnten sie von entscheidender Bedeutung für die Rekonstruktion dieses Falles sein?

»Ich bin drüber. Vier Wochen. Beim ersten Mal – das kann nicht sein. Ich hab Vera ins Vertrauen gezogen. Sie war entsetzt. Als ich losgeheult habe, hat sie mich in den Arm genommen, gestreichelt und geflüstert: Dieses verdammte Schwein. Du musst mit ihm reden. Aber er wird dich hängen lassen. Männer taugen nichts. Was meinst du, warum ich lieber mit Frauen zusammen bin?«

»Er hat sich aus dem Staub gemacht. Nach unserem Gespräch ist er spurlos verschwunden. Also war er nur auf eine einzige Sache scharf. Genauso wie Vera es prophezeit hat. Ich kann's nicht glauben. Was mach ich bloß? Soll ich mit meinen Eltern reden? Meine Mutter fällt glatt aus der Kirchenbank. Mein Vater kriegt einen Herzinfarkt bei der Vorstellung, dass ich einen Kinderwagen schiebe, statt ein Studium zu absolvieren und mich mit einem Doktortitel zu schmücken.«

»Das Problem hat sich von allein gelöst. Vera hat sich als eine gute Freundin erwiesen und mir klammheimlich ein verbotenes Mittel besorgt. Ihr Vater ist Apotheker und sie kennt sich sehr gut mit allen Arzneien aus. In der Nacht hatte ich schlimme Krämpfe. Einige Stunden später hat die Blutung eingesetzt. Viel stärker als sonst. Ob etwas abgegangen ist? Ich kann es nicht sagen. Vielleicht habe ich mich geirrt und war gar nicht schwanger. Aber in einem Punkt garantiert nicht. Männer sind das Allerletzte – und dieser Typ im Besonderen. Wenn er mir noch einmal in diesem Leben über den Weg läuft, weiß ich, was ich zu tun habe. Dann gnade ihm Gott.«

Bei diesen klaren Worten wurde mir mulmig zumute. Konnte man diese vertraulichen Aufzeichnungen als ein klares Geständnis in einem ungeklärten Mordfall auslegen? Nachdenklich kratzte ich mich hinter dem Ohr und dachte angestrengt nach, wie ich diese brisanten Dokumente verschwinden lassen konnte. Was konnte ich tun? Zum Zerfetzen war das Tagebuch zu dick. Glücklicherweise gab es immer einen Plan B im Leben. Oder einen Plan P – wie Pipi. Wenn ich auf meine gute Erziehung pfiff und mein Bächlein auf das gebundene Büchlein laufen ließ, würden nicht nur die verräterischen Eintragungen unleserlich werden, sondern auch das Tagebuch ein atemberaubendes Odeur de Pipi ausströmen. Mau, we can!

Zufrieden verzog ich mein Gesicht zu einem mokanten Grinsen. Katzenpisse war so ziemlich das Ekligste, was es auf der ganzen Welt gab. Jedenfalls nach Ansicht von empfindlichen Menschen, die beim Betreten des Schlafzimmers angeekelt ihr Gesicht verziehen, das Corpus delicti mit spitzen Fingern anfassen und in den nächsten Mülleimer werfen würden. Niemand würde einen einzigen Blick auf die Eintragungen verschwenden. Genau diese drakonische

278

Maßnahme wollte ich mit meiner genialen Idee bezwecken, auch wenn ich meine Spielgefährtin Bluebell in den Verdacht bringen würde, eine inkontinente alte Schlafmütze zu sein. Ich nahm Haltung an, ging in die Hocke und gab mir sehr viel Mühe mit meinem kleinen Geschäft. Mein Urin sickerte durch die Blätter und färbte das vergilbte Papier in einem gelblichen Ton. Begeistert schnüffelte ich an meinem Werk. Der Gestank war scharf und durchdringend. Zur Krönung legte ich noch ein hübsches quietschbraunes Würstchen obendrauf. Puh, jetzt war es kaum noch zum Aushalten. Bestimmt würde jeder Polizist in Ohnmacht fallen. Ich hatte alles richtig gemacht. Wenn meine Mutter das erlebt hätte, wäre sie stolz auf ihren einfallsreichen Sohn gewesen!

»Snowbell. Wo steckst du? Komm her!«
»Jau!«
Ich warf einen letzten Blick auf mein Werk und wetzte die Treppe hinunter zu meinem Frauchen. Sie hatte die

zitternde Bluebell auf dem Arm und streichelte ihr beruhigend über das seidenweiche Fell. »Alles wird gut, meine Kleine. Das verspreche ich dir.«

Ben ging in die Hocke und kraulte mich unter dem Kinn. »Du bist ein kluges Tier. Wenn du uns nicht zu deiner Freundin geführt hättest, wäre sie verhungert und verdurstet. Ich bin stolz auf dich!«

Beschämt senkte ich mein Köpfchen. Eigentlich war es meine Pflicht, mich für Bluebell einzusetzen. Schließlich durfte man seine besten Freunde nicht im Stich lassen. Dennoch konnte ich stolz auf meine kleinen grauen Zellen sein, die mir die Lösung eines komplizierten Falles ermöglicht hatten. Hercule Poirot hätte es nicht besser machen können!

»Ich zerbreche mir schon die ganze Zeit den Kopf, wo die Besitzerin von Bluebell geblieben ist.«, sagte Joline. »Ich bin mir sicher, dass sie ihren Liebling nicht allein im Haus gelassen hätte. Hoffentlich ist ihr nichts zugestoßen.«

»Mau!«

Gequält jaulte Bluebell auf. Nachdrücklich stupste ich Ben mit der Pfote an und sah ihm tief in die Augen. Sein Gesicht wurde ernst. »Oh. Ich verstehe. Du hast Lydia Möller gefunden. Sie ist tot.«

»Wir müssen die Polizei alarmieren.« Joline verlor ihre gesunde Gesichtsfarbe. »Sonst werden wir wegen Einbruch, Diebstahl und Mord verhaftet. Vielleicht hat ein Nachbar gesehen, wie du die Scheibe eingeschlagen hast, und will uns ein Kapitalverbrechen anhängen.«

»Ja, ja, er hängt schon am Telefon und verständigt die Presse.«, machte Ben sich über mein Frauchen lustig. »Morgen kannst du die heiße Story in der Tageszeitung lesen: Kriminelles Gesocks schlägt in Lünen-Horstmar zu und bringt eine vermögende rüstige Rentnerin um die Ecke. Der tätowierte Harley-Davidson-Biker und die durchgeknallte

Lehrerin kamen allen Anwohnern gleich so verdächtig vor.«

Kopfschüttelnd zog er sein Handy aus der Tasche und tippte die Nummer der Polizei ein. »Soll ich unseren Freunden und Helfern erzählen, dass ein besorgter verliebter Kater uns hierhergeführt hat?«

»Niemand wird uns glauben, wenn wir die Wahrheit sagen.«

»Doch.«, beharrte Ben. »Die rasenden Reporter von unserem Käseblättchen kaufen uns diese haarsträubende Story ab. Dann ist Snowbell fast so berühmt wie Bob der Streuner.«

Verlegen schaute ich zu Boden. Mein Schwanz peitschte nervös von links nach rechts. Hoffentlich würden die Journalisten keine Fotos von mir schießen. Auf Publicity legte ich keinen gesteigerten Wert.

37. Kapitel:

🐾 Zukunftspläne 🐾

»Was hat der Tierarzt gesagt?« Fassungslos starrten Jana und Melissa auf Bluebell, die erschöpft in ihrem knallroten Lieblingskörbchen vor unserem Kamin in der Villa Katzenglück lag. Ben hatte es einfach mitgehen lassen, als wir nach der Vernehmung durch die örtliche Polizei das Haus des Schreckens zusammen verlassen hatten. Nach unserer Rückkehr in die Villa Katzenglück war mein besorgtes Frauchen mit Bluebell zum Tierarzt gefahren, während Ben bereitwillig das Haus gehütet und auf mich aufgepasst hatte.

Gespannt beobachtete ich meine Katzenfreundin. Bluebell war eine glänzende Schauspielerin, die ihren besorgten Zuschauern eine tadellose Vorstellung bot. Ihre schönen Augen waren geschlossen. Sie atmete ruhig und gleichmäßig, als ob sie in einen tiefen Schlaf versunken wäre. Doch ihr

Schnurrbart zitterte leicht, und ihre kleinen Ohren zuckten. Ich war mir sicher, dass sie jedes Wort verstand, das über sie gesprochen wurde.

»Alles wird gut.«, verkündete Joline optimistisch. »Unsere Kleine ist schwach, aber ich werde sie mit ihrem Lieblingsfutter wieder aufpäppeln.«

»Dann haben wir Glück im Unglück.«

Jana atmete tief durch. »Als du mich angerufen hast, hab ich es nicht fassen können. Was für eine Tragödie!«

Sie wirkte sichtlich erschüttert, während Melissa ihren Blick nicht von der schlafenden Schönheit abwenden mochte. »Also ich bin total geschockt. Bluebell tut mir sehr leid. Sie ist eine wunderschöne Katze. Habt ihr schon bemerkt, dass ihr Fell in drei verschiedenen Farben schimmert? Blau, rot und weiß bilden eine harmonische Einheit.«

»Man spricht von einer Glückskatze.«, lächelte Joline, und Melissa nickte »Oh, ja, das unterschreibe ich sofort. Bluebell ist ein edles Tier, eine richtige verwöhnte Prinzessin. Schau dir mal das hübsche Halsband mit den kleinen Strass-Steinchen an.«

»Bisher hat Bluebell ein schönes Leben führen dürfen.«, sagte Jana voller Mitleid. »Wie wird es für sie nach dem Tod ihres Frauchens weiter gehen? Muss sie ins Tierheim?«

»Nelly, ich muss dich was fragen!«, druckste Melissa herum. »Du hast Bluebell mit nach Hause genommen. Willst du sie behalten?«

»Was sonst?« Verständnislos starrte Joline Melissa an, die etwas verlegen wirkte. »Wenn es dir irgendwann zuviel wird – dann kannst du auf mich zählen. Ehrlich, ich würde Bluebell nehmen. Mein Appartement ist groß genug, und ich möchte Verantwortung in meinem Leben übernehmen. Deshalb habe ich mich zur ehrenamtlichen Mitarbeit in einem Tierschutzverein entschlossen.«

»Du bist ein Schatz, Meli. Ich weiß, dass Bluebell es gut bei dir hätte.« Gerührt schloss mein Frauchen Melissa in die Arme, und ich sah Tränen in ihren Augen schimmern. »Dennoch darf ich unsere Kleine nicht im Stich lassen. Sonst kann ich Snowbell nicht mehr unter die Augen treten. Immerhin ist Bluebell seine beste Freundin. Sie kennt und vertraut uns, und wir werden uns schon zusammenraufen. Wo eine Katze satt wird, reicht es auch für zwei.«

»Was machst du, wenn Snowbell und Bluebell ihre Liebe füreinander entdecken, Nelly? Wie sieht es mit der Kinderüberraschung aus?«, fragte Jana ungeniert, und mein Frauchen wurde rot. »Bluebell ist bereits kastriert, hat mir der Tierarzt versichert. Der Eingriff ist in seiner Praxis vorgenommen worden, und ihre Daten waren im Computer erfasst. Es kann nichts mehr passieren.«
»Wie schade! Bluebell und Snowbell sind wunderschöne Tiere. Ich hatte mich schon auf süße Kitten gefreut.«
Jana seufzte, ging in die Knie und strich mir sanft über den Rücken. »Also steht deinem Glück fast nichts mehr im

Wege, Belly. Wir müssen nur noch einen wichtigen Punkt klären. Wie sieht es mit der Rechtslage aus, Nelly? Bist du sicher, dass du Bluebell behalten darfst?«

»Keine Ahnung. Lassen wir uns einfach überraschen.« Mein Frauchen zuckte gleichmütig mit den Achseln. »Wahrscheinlich werden sich die Erben von Lydia Möller für das repräsentative Haus und alle weiteren Wertgegenstände interessieren. Auf eine Katze werden sie keine Ansprüche erheben. Die meisten Menschen sind auf Geld scharf, nicht auf Lebewesen.«

»Dann wollen wir das Beste hoffen. Soll sich die Meute der Erben auf die Kohle stürzen, solange wir unser Juwel behalten dürfen.« Jana und Melissa wechselten einen verschwörerischen Blick. Dann fielen sie meinem Frauchen um den Hals und küssten sie auf die Wangen. »Ach, wir sind heilfroh, dass du nicht berechnend bist, Nelly. Du bist der großzügigste und warmherzigste

Mensch, den wir kennen. Deshalb lieben wir dich.«

»So, so. Was ist mit mir?«, knurrte Ben vor sich hin, während er eine große Tüte auf den Küchentisch stellte. »Ich bin genauso lieb wie Nelly. Schließlich war ich bei Carlos, um portugiesische Tapas zu holen. Auf den Schrecken müssen wir uns unbedingt stärken.«

»Du bist der Mann unserer Träume.« Jana und Melissa waren nicht mehr zu halten. Voller Begeisterung stürzten sie sich auf Ben, der sein Glück kaum fassen konnte. Von drei schönen Frauen begehrt zu werden, war garantiert der Traum seiner schlaflosen Nächte – oder nicht? Bevor sie meinen besten Kumpel zu Tode drücken konnten, warf ich mich ins Getümmel, sprang auf den Tisch und schnupperte erwartungsvoll an der Tüte, die einen verführerischen Duft ausströmte. Bestimmt hatte Ben bei der Auswahl der Speisen an mich gedacht. Tatsächlich wurde ich nicht enttäuscht. Die hausgemachten Hähnchen-, Krabben-

und Thunfischtaschen schmeckten ausgezeichnet. Dagegen legte ich auf eine vegetarische Variante keinen gesteigerten Wert. Schließlich war Fleisch mein Gemüse, nicht zu vergessen: Fisch. Ben teilte meinen Geschmack, er mampfte gegrillte Paprikawurst und Garnelenspieße. Für die wilden Hühner blieben genügend Datteln im Speckmantel und Ziegenkäse mit Walnüssen übrig. Schließlich mussten sie auf ihre Figur achten, weil sie noch keinen Lebenspartner gefunden hatten. Ha! Im Gegensatz zu mir. Denn ich hatte meine Lieblingsmieze frei Haus bekommen!

38. Kapitel:
✂ Haare auf den Zähnen ✂

»Dein Fell ist ja völlig verfilzt, Bluebell. In den letzten Tagen hast du dich vor der Fellpflege gedrückt, und nun haben wir ein riesengroßes Problem. Mit dem Kamm kommt man an einigen Stellen nicht mehr durch.«

Liebevoll streichelte mein Frauchen die dicke Pelzkugel auf ihrem Schoß. »So rumlaufen lassen können wir dich nicht. Eigentlich müssten wir dich zum Tierarzt bringen und diese schlimmen Stellen scheren lassen. Ach, ich bringe es nicht übers Herz, dir einen Schock zu versetzen, wo du doch dein liebes Frauchen verloren hast ...«

»Lässt du dein gutes Herz raushängen, du süßes Hippie-Girl? Träumst du von Peace, Love and Understanding?«

Amüsiert schüttelte Ben seinen Kopf. Seitdem wir Bluebell aus ihrem Gefängnis befreit und in unsere Familie aufgenommen hatten, fühlte er sich für sie verantwortlich und ließ sich nicht nehmen, seinen Schützling täglich zu besuchen. Ich freute mich über seine Besuche, weil er uns immer mit einigen Leckerlis verwöhnte. Heute saß er neben Joline und mir auf unserem Familiensofa und hatte den Monolog meines Frauchens mitangehört. Verschwörerisch zwinkerte er Joline zu. »Sag mal, hast du feste Arbeitshandschuhe?«

»Ja klar. Für den Garten.«, antwortete Joline und schaute ihn mit großen Augen an. »Sie liegen in der Kommode im Werkzeugkeller. Wieso willst du das wissen?«

»Das wirst du gleich sehen.«

Fröhlich pfeifend stemmte sich Ben in die Höhe und verließ unser Wohnzimmer, während ich ihm gedankenverloren nachschaute. Allmählich hatte ich den Eindruck gewonnen, dass er sein Revier erweitert hatte und sich in der Villa Katzenglück wie zu Hause fühlte. Jedenfalls benötigte er keine Hilfe mehr, um sich in unseren vier Wänden zurechtzufinden. Als er wenige Minuten später zu uns zurückkehrte, maunzte ich vor Überraschung. Ben trug seine Motorradhandschuhe und war bewaffnet. In seinen Händen hielt er meine Fellschere und eine Packung gekochten Schinken, den er aus unserem Kühlschrank gemopst hatte. Entschlossen sank er vor mein Frauchen auf die Knie und reichte ihr ein Paar

Arbeitshandschuhe, während er ihr klare Anweisungen gab:»Heute setzen wir auf Teamwork. Du hältst deine Mieze fest und stopfst ihr den Schinken in die Schnauze. In der Zwischenzeit schneide ich alle Knoten raus. Dann kämme ich das Fell von Bluebell durch. Zusammen kriegen wir das ohne größeres Blutvergießen hin.«

Mau! Was für ein genialer Plan! Aufgeregt hopste ich vom Sofa und beobachtete die Prozedur aus sicherer Entfernung. Bluebell kreischte zum Gotterbarmen, schlug wild um sich und zappelte hin und her. Trotzdem nahm ich ihr die gequälte Katze nicht ab. Wer noch so viel fressen konnte, während er von seinen Knoten befreit wurde, ging nicht als Folteropfer durch. Nach einer halben Stunde war der Schinken verschwunden, die Katze halb kahl und meine Freunde erschöpft. Mein Frauchen hatte keine Kraft mehr, die wilde Bestie festzuhalten. Mit einem energischen Satz sprang Bluebell von ihrem Schoß und sprintete auf mich zu. Ich wollte mich ausschütten vor Lachen. »Hahaha. Du siehst aus wie ein Zigarillo auf vier Beinen.«

Bums, hatte ich ihre Pfote genau zwischen den Augen. Alles drehte sich um mich, und mein Näschen blutete. Wieder einmal hatte ich Bluebell unterschätzt. Diese Kratzburste war zwar viel kleiner als ich, aber sie konnte austeilen wie der wildeste Konkurrent in meinem Revier. Dieses Monster hatte nicht nur Haare am Kamm, sondern auch auf den Zähnen. »Mein Fell wächst wieder. Dein Gehirn nicht mehr. Du bist und bleibst ein Idiot!«, zischte Bluebell mich an und verschwand mit einem eleganten Satz in meiner Schlafhöhle am Kratzbaum.

Es war mir peinlich, dass Ben alles mitangesehen hatte. Mein einziger Trost war, dass er die wüsten Beleidigungen glücklicherweise nicht verstehen konnte. Er hatte nur gesehen, dass ich Dresche von meiner winzigen

Mitbewohnerin bezogen hatte. Voller Mitgefühl nahm er mich auf den Arm und tätschelte meinen Rücken. »So sind die Weiber, Belly. Mach dir nichts draus.«

39. Kapitel:
ꙮ Alles für die Katz ꙮ

Einige Tage später durften wir uns über lieben Besuch freuen. Jana hatte sich von ihrer spendablen Seite gezeigt und ein großes Geschenk für ihre liebsten Katzenkinder mitgebracht. Mit stolzgeschwellter Brust stellte sie einen himmelblauen Käfig in den Flur. »Zwei Katzen sollten mindestens zwei Toiletten haben, hab ich mir sagen lassen. Deshalb bin ich nach Feierabend mal in das Zoogeschäft um die Ecke gedüst.«

»Ach, Jana, du bist süß.« Joline war gerührt. »Wie lieb von dir, dich für unser Adoptivkind in Unkosten zu stürzen!«

»So wild ist das nicht.«, wehrte Jana lässig ab. »Als bevölkerungspolitischer

294

Blindgänger haue ich genug Kohle für mich auf den Kopf. Warum soll ich nicht mal was Vernünftiges für zwei Samtpfoten kaufen? Natürlich hab ich darauf geachtet, dass ich das Beste erwische, was auf dem Markt zu haben ist. Die Geruchsbelästigung ist minimal, hat mir die Verkäuferin versichert.«

Bluebell betrachtete sich selbst als wichtigstes Lebewesen auf der Welt. Ihre bernsteinfarbenen Augen blitzten. »Hast du gehört? Die Toilette ist nagelneu. Das Beste vom Besten. Also gehört sie mir.«

Sofort stürmte sie los, drückte ihren Kopf gegen die Öffnung und verschwand in dem merkwürdigen Objekt. Eigentlich wäre ich ihr gern gefolgt, aber aufdrängen wollte ich mich nicht. Schließlich hatte jede Katze Anspruch auf ihre Privatsphäre. Deshalb beschloss ich, mich auf dem weichen Teppich in unserem Flur niederzulassen und auf meine kleine Freundin zu warten. Leider wurde es eine lange Sitzung. Bluebell kam nicht wieder aus der Katzentoilette heraus. Nach einer halben Stunde stupste ich mit der Pfote gegen die Wand und fragte teilnahmsvoll: »Hast du Schmerzen? Durchfall? Oder Verstopfung?«

»Halt bloß deine Schnauze, du Blödmann!« fauchte meine neue Lebensabschnittspartnerin. »Es ist stockdunkel hier drinnen. Ich kriege diese verdammte Schwingtür nicht mehr auf. Mach was!«

Ihr Wunsch war mir Befehl. Ich raste ins Wohnzimmer, schmiss mich vor den Kamin und rollte mich ab vor Lachen. Jana hatte sich mit Prosecco feiern lassen und von ihrer Traumreise erzählt, die sie im Reisebüro von Melissa gebucht hatte. »Im November geht es auf die Malediven, Nelly!«

»Herrlich!«, sagte Joline entzückt.

»Wie heißt die Trauminsel? «

»Hurawalhi Island!«, antwortete Jana und Joline platzte heraus: »Was für ein exklusives Luxusresort! Dann kannst du laut Hurra schreien!«

»Du glaubst gar nicht, wie ich mich auf das Barfusslaufen am weißen Sandstrand und das Schnorcheln im kristallklaren Wasser freue!«, schwärmte Jana. »Die Unterwasserwelt ist nur 20 Meter vom Strand entfernt. Bald kann ich viele bunte Fische aus der Nähe sehen!«

Für diese Tiere konnte ich mich begeistern. Deshalb strampelte ich mit meinen Pfötchen und stieß ein begeistertes »Mirr« aus, während Jana aus ihrer Traumwelt in die Realität zurückkehrte. Verzückt ging sie in die Hocke und kraulte mir den Bauch. »Du bist ein süßer kleiner Eisbär. Pass bloß auf, dass man dich nicht eines Tages ausstopft!«

Diese Worte konnte ich nicht ernstnehmen. Zufrieden gurrte ich vor mich hin, während Jana sich nach unseren Plänen erkundigte: »Du bist ja an die Schulferien gebunden. Bleibt ihr in den Weihnachtsferien zu Hause?«

»Für uns geht es für eine Woche in die Berge.« erzählte Joline. »Ich habe ein entzückendes Ferienhäuschen gefunden, in dem Katzen willkommen sind. Dann können wir uns über die weiße Pracht freuen, ohne weit fahren zu müssen.«

Miau! Bluebell und ich würden unseren Urlaub genießen. Bestimmt würden wir den ganzen Tag durch den kalten Schnee robben und uns am Ende des Tages vor dem lustig flackernden Kamin aufwärmen. Nur Joline tat mir leid. Schließlich waren wir zu zweit, und sie musste sich allein beschäftigen. Bestimmt würde sie sich neue Lektüre auf ihren Reader laden, die sie brennend interessierte. Gewiß, Bücher waren wie gute Freunde. Dennoch waren mir liebe Menschen wichtiger. Vielleicht konnte sie Ben überreden, uns auf unserer Reise zu begleiten? Wenn er ihr ordentlich einheizte, müsste sie nicht frieren…

»Was für eine tolle Überraschung!«, lobte Jana. »Endlich lernst du die große weite Welt kennen, Snowbell. Freust du dich schon?«

Natürlich. Für aufregende Abenteuer war ich immer zu haben. Noch mehr würde ich mich über ein Leckerchen freuen. Mein Magen knurrte gerade ganz laut. »Oh weh, das kann ich nicht mitanhören. Nelly, rückst du was zu Futtern raus?«

»Klar!«

Bereitwillig ging mein Frauchen in die Küche und kam mit gekochten Schinken zurück, den ihre beste Freundin an mich verfüttern durfte. Als wohlerzogener Kater nahm ich die Stückchen manierlich aus ihrer Hand entgegen, kaute mit leuchtenden Augen und legte ihr dankbar die Pfote aufs Knie. Jana konnte ihr Glück nicht fassen und kraulte mich unter dem Kinn. »Du bist so niedlich, Snowbell. Ich hab dich lieb. Wo ist deine kleine Freundin geblieben? Hat sie keinen Hunger?«

Natürlich hätte ich Jana aufklären und Bluebell aus ihrem Gefängnis befreien können. Aber dann hätte mir diese arrogante Tante wieder alles vor der Nase weggefressen. Außerdem konnte ihr eine kleine Auszeit nicht schaden. Die stille Treppe war verpönt, ein stilles Örtchen nicht. Vielleicht würde sie noch gutes Benehmen in diesem Hause lernen.

40. Kapitel
🐾 Pussyterror 🐾

Die Mieze, mit der ich mein Leben teilen musste, war eine Landplage. Auf den ersten Blick wirkte sie wie ein süßes, unschuldiges Stofftier, aber sie hatte es faustdick hinter ihren kleinen pelzigen Ohren. Wenn es um Fressen ging, ließ sie jeden Anstand vermissen und schubste mich von meinem Fressnapf weg. Selbst als mein Frauchen ein zweites Näpfchen für das Nassfutter gekauft hatte, änderte sie ihr schlechtes Benehmen nicht. Sie preschte an mir vorbei, baute sich vor den Näpfen auf und schnüffelte aufgeregt. Die Auswahl zwischen den angebotenen Menüs fiel ihr schwer. Deshalb fraß sie gleich zwei Portionen. Der Kummer um ihr verstorbenes Frauchen war ihr nicht auf den Magen geschlagen. In den ersten Tagen ernährte ich mich ausschließlich von Trockenfutter.

Zu meiner Verblüffung schien das Monster nie satt zu werden. Nachdem sie die exquisite Katzennahrung zur sich genommen hatte, nahm Bluebell wie selbstverständlich auf einem Küchenstuhl Platz und verlangte lautstark ihren Anteil an dem Frühstück, das mein Frauchen selbst einnehmen wollte. Lachs und Krabben, Leberwurst und Mortadella, Gouda und Edamer - nichts war vor ihr sicher. Sie fraß ununterbrochen. Joline konnte sich einen frechen Spruch nicht verkneifen. »Soll ich ein Gedeck für dich auf den Tisch stellen, Poubelle?«

Leider war ich der französischen Sprache nicht mächtig. Verständnislos schaute ich von Joline zu Bluebell und wieder zurück. Auch Ben schien kein Talent für Fremdsprachen zu besitzen. Er war zum Bäcker gefahren, hatte frische Brötchen für unser Sonntagsfrühstück gekauft und fragte ungeniert, während er sein Frühstücksei köpfte: »Sorry, Nelly, ich versteh bloß Bahnhof. Was willst du uns sagen?«

»Ach, Ben.«, lächelte mein Frauchen und rührte versonnen mit ihrem Löffel in ihrem Cappuccino. »Poubelle bedeutet Abfalleimer. Weißt du, meinen letzten Urlaub hab ich in einem gemütlichen Landhaus in der Provence verbracht. Dort wollte ich meine eingerosteten Kenntnisse der französischen Sprache auffrischen.«

»Dieser romantische Urlaub passt zu dir. Ich kann mir gut vorstellen, wie du auf einer Bank sitzt und den süßen Duft der wogenden Lavendelfeldern genießt.«, meinte Ben, und Joline drückte gerührt seine Hand. »Danke, Ben. Ich liebe die französische Sprache. Sie klingt wie Musik in meinen Ohren, und Poubelle erinnert mich an Bluebell. Ich denke ernsthaft darüber nach, ob ich sie umtaufen soll.«

»Ach, ich verstehe. Deine neue Untermieterin frisst ohne Punkt und Komma?«

Prüfend ließ Ben seinen Blick über Bluebell gleiten. »Dieses geheime Laster hätte ich gar nicht vermutet. Wie ein Curvy Model schaut sie nicht aus.«

»Nein, sie setzt alles in Fell um.«, kicherte Joline. »Meine süßen Perserkatzen sind pflegeintensive Tiere, und jeden Abend ist Schönheitspflege angesagt. Snowbell hat feines seidiges Fell, ganz ohne Knoten. Bei Bluebell muss ich mich anstrengen. Mit dem Kamm rupfe ich ihr Unmengen von Haaren aus, und es wird nicht weniger.«

»Vielleicht sollte ich mir diesen Zauberkamm mal ausleihen.«, scherzte Ben. »Allmählich lichtet sich mein Haar.«

»Warum hast du mir deinen geheimen Wunsch nicht eher verraten?«, sagte Joline mit treuherzigem Augenaufschlag. »Dann hätten wir uns nicht stundenlang den Kopf über ein Geburtstagsgeschenk zerbrechen müssen.«

»Lass mal, eure Überraschungen waren ganz großes Kino.«, lachte Ben. »So einen schönen Geburtstag hab ich noch niemals gefeiert. Ich hab mich tierisch gefreut!«

Von diesem Lob waren Bluebell und ich genauso entzückt wie Joline. Tatsächlich konnte Ben sich nicht beklagen. Aus gegebenem Anlass hatte er auf eine wilde Party verzichtet. Stattdessen hatten wir in seiner Küche gesessen und uns köstliche Pizzen schmecken lassen, die Ben von unserem Lieblingsitaliener abgeholt hatte. Dennoch war es ein unvergesslicher Abend gewesen. Joline hatte sich mächtig ins Zeug gelegt. Zu seinem Geburtstag am 30. September hatte Ben nicht nur eine süße Motiv-Torte von Harley Davidson, sondern auch eine ausgefallene Fußmatte bekommen, deren Botschaft »Schuhe und Pfoten abputzen« auf seine menschlichen und tierischen Gäste gemünzt war. Das absolute

Highlight war eine Grillschürze, die mit einem gängigen Vorurteil spielte: »So sehen Biker aus!«

»That's what friends are for.«, erwiderte Joline schlicht, während Bluebell und ich laut schnurrten, und Ben strahlte über das ganze Gesicht. »Ich bin ein echter Glückspilz!«

Nachdenklich ließ ich meinen Blick auf Ben ruhen. Meiner Ansicht nach war er der perfekte Mann für Joline – und der beste Kumpel für Bluebell und mich. Wir bildeten ein echtes Dream Team, das allen Stürmen des Lebens gewachsen war. Wann würden unsere Lieblingsmenschen den Mut aufbringen, sich ihre echten Gefühle füreinander einzugestehen?

41. Kapitel:
❧ Dunkle Stunden ❧

»So eine traurige Beerdigung habe ich noch nie erlebt.«

Mit einem tiefen Seufzer ließ mein Frauchen sich auf die Ledercouch fallen und strich sich eine Haarsträhne aus der Stirn. Bluebell, die es sich dort auf einem Zierkissen bequem gemacht hatte, rückte näher an sie heran und spitzte die Ohren.

»Wenn wir der verstorbenen alten Dame heute nicht die letzte Ehre erwiesen hätten, wäre der Pastor allein auf weiter Flur gewesen. Bloß zwei betagte Nachbarinnen sind zur Beerdigung gekommen – und sonst niemand. Schrecklich!«

»Was hast du erwartet, Joline?«, brummte Ben. »Lydia Möller war eine alleinstehende alte Frau. Sie hat sehr zurückgezogen gelebt und ihre sozialen Kontakte auf ein Minimum reduziert. Deshalb muss sie nicht unglücklich gewesen sein.«

»Ach, Ben, willst du mich nicht verstehen?«

Joline konnte ihre Tränen nicht unterdrücken. »Es ist die Endlichkeit des Lebens, die mir bewusst geworden ist.«

Mit einem kühnen Satz sprang ich aufs Sofa und schmiegte mich an mein

Frauchen. Ich konnte ihre Reaktionen nachvollziehen. Draußen war es kalt und ungemütlich geworden. Ein kühler Wind pfiff durch die Straßen, der Regen plädderte gegen die Fensterscheiben, und die drei Freundinnen Jana, Joline und Melissa setzten an ihren Mädelsabenden auf Gemütlichkeit, plauderten über ihre Traumurlaube, knabberten süße Haferkekse und tranken ein warmes Gesöff, das sie aus einem schwedischen Möbelmarkt angeschleppt hatten. Auch Bluebell und ich tobten nicht mehr stundenlang durch unseren Garten, sondern zogen es vor, unseren nassen Pelz am knisternden Kaminfeuer zu wärmen, nachdem wir die tägliche Inspektionsrunde durch unser Revier absolviert hatten. Dennoch handelte es sich nicht um einen gewöhnlichen November-Blues. Heute war ein schlimmer Tag für uns alle. Lydia Möller war auf dem Friedhof in Lünen-Horstmar beigesetzt worden. Leider hatten Bluebell und ich unsere Lieblingsmenschen Joline und Ben nicht

307

begleiten dürfen, weil Tiere auf Beerdigungen nicht erlaubt waren, auch wenn sie den Verstorbenen nähergestanden hatten als ihre eigenen Artgenossen.

»Hast du schon mal darüber nachgedacht, dass wir irgendwann genauso einsam enden werden?«

Mein Frauchen drückte mich an sich und sah Ben traurig an. »Weil wir egozentrische Wesen und bevölkerungspolitische Blindgänger sind.«

»Warum hast du es so eilig, das Zeitliche zu segnen? So alt bist du doch gar nicht. Oder hast du mir einige Jahre unterschlagen? Steckst du mitten im Klimakterium?«, sagte Ben trocken. »Oder hast du so viel Stress in der Schule? Bringen dich deine Schüler ins frühe Grab?«

»Mach dich nur über mich lustig.«, erwiderte Joline. »Du hast ja wenigstens noch zwei Brüder, die Nachwuchs in die Welt gesetzt haben.

Deine Neffen und Nichten werden an deinem Grab Tränen vergießen …«

»Weil ich ihnen nichts hinterlassen, sondern alles selbst ausgegeben habe. Das halte ich für legitim, weil ich die Kohle alleine verdient habe.«, vollendete Ben. »Über Besuch freue ich mich zu Lebzeiten. Wenn ich unterm Torf liege, brauche ich ihn nicht mehr.«

»Ach, mit dir kann man gar nicht reden.«

Mein Frauchen nahm Bluebell und mich in den Arm und kuschelte mit uns. »Wir sind drei arme Waisenkinder, meine Kleinen und ich.«

»Niemand hat euch lieb. Diese Botschaft hab ich kapiert. Tröste dich, Nelly. Wenigstens werdet ihr nicht im finsteren Wald ausgesetzt wie Hänsel und Gretel. Ihr habt ein Dach über dem Kopf. Hungern und dursten müsst ihr auch nicht. Ihr könnt immer an meine Tür klopfen, wenn ihr meine Hilfe braucht.«

Ben beugte sich zu ihr und drückte meinem Frauchen einen

freundschaftlichen Kuss auf die Wange. »Lass den Kopf nicht hängen, meine Kleine. Ich bin immer für euch da, solange ich lebe. Versprochen.«

»Echt?«, fragte Joline mit bebender Stimme, und Ben bekräftigte: »Ganz großes Ehrenwort.«

42. Kapitel:
🐾 Die Meute der Erben 🐾

»Hallo, Herr Doktor!«

Erschrocken zuckte ich zusammen. Was hatte mein Tierarzt in meinem Revier zu suchen? Sicherheitshalber huschte ich an meinem Frauchen vorbei und versteckte mich hinter einem Busch in unserem Vorgarten, während Bluebell gleichmütig auf der Fußmatte liegenblieb. Auf keinen Fall durfte mein Feind sehen, dass ich zu einem stattlichen Kater herangewachsen war. Sonst würde er das Gespräch auf den chirurgischen Eingriff lenken, den ich um jeden Preis verhindern wollte.

Mein Frauchen hegte keine Bedenken, sich unserem Onkel Doktor zu nähern. Fröhlich fischte sie das Lokalblättchen aus dem Briefkasten, lief beschwingt zur Straße und winkte dem sonnengebräunten dunkelhaarigen Mann zu, der gerade in einen dunkelgrauen SUV klettern wollte. »Machen Sie Hausbesuche? Oder sind Sie privat unterwegs?«

»Hallo, Frau Degenhardt!«

Dr. Christopher Weber wusste, was sich gehörte. Höflich ging er Joline entgegen, drückte ihre Hand und schenkte ihr ein gewinnendes Lächeln. »Wie geht es Ihnen? Was macht Bluebell?«

»Wir können nicht klagen. Uns geht es ausgezeichnet.«, entgegnete Joline. »Doch Sie machen mir Sorgen. Sie sehen so mitgenommen aus. Geht es Ihnen nicht gut?«

Über das Gesicht des Tierarztes flog ein Schatten. »Leider hat mich ein trauriger Anlass in Ihre Siedlung geführt. Ein fast zwölfjähriger

Schäferhund leidet an Arthrose. Er hat schlimme chronische Schmerzen, die sich medikamentös nicht mehr auf ein erträgliches Maß senken lassen. Deshalb haben sich die Besitzer entschlossen, ihm weiteres Leid zu ersparen und ihn einschläfern zu lassen. Einen Transport in meine Praxis wollten wir dem kranken Tier unter allen Umständen ersparen. Deshalb bin ich hierhergekommen. In der vertrauten Umgebung fällt es den Besitzern nicht so schwer, Abschied von ihrem Liebling zu nehmen.«

»Wie schrecklich!«, sagte Joline voller Mitgefühl. Ihre Augen füllten sich mit Tränen. »Ich kann den tiefen Schmerz der Besitzer nachempfinden. Sie sind ein guter Mensch, wenn Sie auf ihre Wünsche eingehen.«

»Ach, nein.«, wehrte Dr. Christopher Weber ab. »Jeder verantwortungsbewusste Tierarzt hätte genauso gehandelt. Die Liebe zu Tieren steht für mich im Mittelpunkt. Deshalb engagiere ich mich ehrenamtlich für den Tierschutz.«

»Das wusste ich nicht.«, staunte Joline, und er zuckte lässig mit den Schultern. »Für mich ist dieser Einsatz eine Sache der Ehre. Deshalb hänge ich ihn nicht an die große Glocke.«

»Unterstützen Sie viele lokale Organisationen?«, wollte Joline wissen, und er nickte. »Ja, im Laufe der Jahre habe ich mir ein großes Netzwerk aufgebaut. Im Frühjahr habe ich mich an einer Aktion gegen das Katzenelend beteiligt und die Kastration von Katzen inklusive Mikrochip-Implantation zu reduzierten Gebühren in meiner Praxis durchgeführt. Ansonsten würden viele finanziell schlecht gestellte Bürger auf diese wichtigen operativen Eingriffe verzichten.«

Ha! Das verhasste Wort war gefallen. Entsetzt hielt ich den Atem an. Würde Dr. Christopher Weber das Gespräch auf meine Wenigkeit lenken? Nein. Er hatte nur Augen für mein Frauchen, das ihn ungeniert anhimmelte. »Tierschutz ist wichtig. Ich bewundere Menschen, die sich für Tiere einsetzen, die von ihren

Besitzern im Stich gelassen, ausgesetzt, misshandelt oder getötet werden. Wenn ich die Berichte im Netz lese, wird mir ganz schlecht … «

Ihre Stimme versagte, und Dr. Christopher Weber machte ein ernstes Gesicht. »Leider wird es immer Menschen geben, für die Tiere nichts weiter sind als ein Gebrauchsgegenstand, den man für eine gewisse Zeit benutzt und danach entsorgt. Vor der Anschaffung eines Haustieres sollte man gründlich nachdenken. Wenn man sich für ein Tier entscheidet, heißt das: bis zum letzten Atemzug, und nicht, bis es unbequem wird.«

»Diese Einstellung möchte ich meinen Schülern vermitteln.«, seufzte Joline.

»In der Grundschule erarbeiten wir Steckbriefe zu allen beliebten Haustieren. Könnten Sie sich vorstellen, an der Unterrichtsreihe teilzunehmen und mit Kindern aus der 3. Klasse über dieses wichtige Thema zu sprechen?«

»Warum nicht, Frau Degenhardt? Seit zwei Jahren biete ich Schülern aus den weiterführenden Schulen die Möglichkeit, ein Soziales Praktikum in meiner Praxis zu leisten. Gern können wir die Grundschüler mit ins Boot nehmen. Ich bin für alles offen.«, ging Dr. Christopher Weber bereitwillig auf ihren Vorschlag ein. »Lassen Sie uns in aller Ruhe telefonieren.«

Er rückte etwas näher an sie heran, und mir stand das Fell zu Berge. Was führte dieser Casanova im Schilde? Konnte er seine Pfoten nicht von meinem Frauchen lassen? Musste ich mich aus meinem Versteck trauen, um die Turteltäubchen zu trennen? Wo war Ben, wenn man ihn brauchte?

Als ich meinen Blick über die stille Straße schweifen ließ, sah ich ein schweres chromblitzendes Motorrad näherkommen. Es musste Ben sein, der von einer reinen Männer-Tour mit seinen Freunden zurückgekehrt war. Als er Joline in ein Gespräch mit einem fremden Mann vertieft sah, drosselte er die Geschwindigkeit. Er parkte die Harley Davidson vor seiner Garage, stieg von seinem Motorrad und nahm seinen Helm ab. Sein Gesicht wirkte wie versteinert. Er sagte kein einziges Wort, sondern stapfte mit finsterer Miene und zusammengezogenen Brauen in sein Haus, was ich ihm nicht verdenken konnte. Kein Kater duldete einen Nebenbuhler in seinem Revier!

Ein Piepsen durchbrach die angeregte Unterhaltung von Joline mit Dr. Christopher Weber. Der Tierarzt löste sich von ihr, zückte sein Handy und warf einen prüfenden Blick auf das Display. »Ich muss wieder los, Frau Degenhardt. Ein Notfall wartet auf mich. Wir sehen uns!«

»Bis bald!«, hauchte Joline. Sie mochte sich kaum von ihm trennen, und mir wurde übel. Wenn es nach mir ging, würde ich ein Wiedersehen unter allen Umständen verhindern. Bluebell und ich waren kerngesund. Warum sollten wir unseren Onkel Doktor besuchen wollen?

»Rate mal, was ich herausgefunden habe!«

Einige Stunden später schien Ben seinen Schock überwunden zu haben. Nach dem Abendessen machte er seinen üblichen Besuch in der Villa Katzenglück, um mit Bluebell und mir zu knuddeln und mit Joline zu plaudern. Mit einer wichtigen Miene baute er sich vor dem Kamin auf, während Joline eine Dose mit selbstgebackenen Keksen aus der Küche holte. »Ich habe keine blasse Ahnung. Verrate es mir. Bitte!«

»Was bekomme ich von dir?«

»Spritzgebäck. Nach dem Rezept meiner Oma.« Gut gelaunt nahm sie den Deckel von der Dose ab und hielt ihm ihre Schätze unter die Nase. »Koste mal. Sie sind mit Liebe gebacken!«

»Von Liebe kann man niemals genug bekommen.«

Beherzt griff er zu und ließ sich die Leckerei auf der Zunge zergehen. »Köstlich!«

»Du darfst gern alle Kekse mit nach Hause nehmen.«, bot Joline ihm an.

»Dann kannst du dir die Arbeit versüßen.«

»Was ist mit dir? Willst du eine Hungerkur einlegen?«

»Mach dir keine Sorgen, ich backe morgen neue Cookies, die ich mit zur Grundschule nehme. Im Lehrerzimmer leben wir nicht schlecht.«, lachte Joline, stellte die Dose auf den Tisch und ließ sich aufs Sofa plumpsen. »Natürlich sollst du eine Kostprobe bekommen. Magst du Nougatwölkchen und gefüllte Schokosplitter-Küsschen?«

»Vielen Dank, dieses reizende Angebot lasse ich mir nicht entgehen.«

»Wenn ich so lieb zu dir bin, musst du mit der Wahrheit rausrücken. Erzähl mir alles, was du weißt.«, verlangte Joline, und Ben zwinkerte ihr zu. »Weil du es bist. Vor fünf Jahren hat Lydia Möller erfahren, dass sie unheilbar an chronischer Leukämie erkrankt ist. Als eine vermögende alte Dame wollte sie ihre persönlichen Angelegenheiten zu ihren Lebzeiten regeln. Deshalb hat sie einen Notar aufgesucht und ein

318

Testament aufsetzen lassen, in dem sie mehrere Verfügungen zugunsten verschiedener karitativer Einrichtungen getroffen hat.«

»Woher weißt du das?«, fragte Joline verwundert. Ben tat geheimnisvoll. »Man hat so seine Quellen.«

»Von wem? Rück mit der Sprache raus, sonst hast du demnächst Salz statt Zucker in deinen Keksen.«, drohte Joline, und Ben lachte laut. »Erbarmen! Also, ich hab es von Anjas Vater.«

»Anjas Vater? Du meinst unseren Vin Diesel-Verschnitt mit der coolen Sonnenbrille?«

»Alexander ist Anwalt und Notar.«, schmunzelte Ben. »Ihm gehört eine namhafte Kanzlei in der Parkstraße in Lünen.«

»Nein.«, hauchte Joline. Eine feine Röte überzog ihr Gesicht. »Du nimmst mich auf den Arm, Ben. Das ist nicht wahr.«

»Doch.«, versicherte Ben. »Auch wenn du gerne deine Vorurteile pflegst: Ein Biker muss nicht unbedingt geistig retardiert sein, meine Schöne. Wir haben eine ordentliche Schulbildung genossen und üben anständige Berufe aus.«

Ein breites Grinsen breitete sich auf seinem Gesicht aus. »Ich bin übrigens kein Panzerknacker, sondern Physiker in einem renommierten Unternehmen im Ruhrgebiet, falls du es wissen möchtest.«

»Ich schäme mich in Grund und Boden.« Mein Frauchen wurde puterrot. »Kannst du mir verzeihen?«

»Schon gut, Nelly. Ich bin hart im Nehmen.« Ben zwinkerte ihr zu. Dann fuhr er fort: »Wie gesagt, Lydia Möller hat ein stattliches Vermögen hinterlassen. Anjas Vater hat mir unter dem Siegel der Verschwiegenheit anvertraut, welche karitativen Einrichtungen von ihr bedacht worden sind. Sie hat kluge Entscheidungen getroffen, die ich nachvollziehen kann. Bei einer Sache bin ich stutzig geworden.« Ben hielt inne, und Joline sah ihn mit großen Kulleraugen an. »Und die wäre?«

»Eine hohe Summe geht an die Bundesstiftung Mutter und Kind – Schutz des ungeborenen Lebens.«

»Ach? Warum unterstützt sie diese Organisation?«, wunderte sich mein Frauchen. »Meines Wissens hatte Lydia Möller keine eigenen Kinder. Laut den Berichten in unserem Käseblättchen war sie noch nicht einmal verheiratet.«

»Ich kapiere es nicht.«, gab Ben unumwunden zu und ließ sich auf die Couch, direkt neben mein Frauchen, fallen. »Vielleicht hat sie etwas erlebt, das sie zu diesem Entschluss bewegt hat.«

Mein Frauchen rückte an ihn heran, lehnte ihren Kopf an seine Schulter und ließ ihre blühende Fantasie von der langen Leine. »Vielleicht ist Lydia Möller ungewollt schwanger geworden. In ihrer Jugend war ein uneheliches Kind ein Skandal. Schwangere Teenager wurden häufig aufs Land geschickt, damit diese

»Sünde« vertuscht werden konnte. Wir wissen nicht, ob sie ihr Kindchen verloren hat oder nach der Geburt zur Adoption freigeben musste. Auf jeden Fall könnte sie unter diesem Trauma gelitten haben. Deshalb wünschte sie sich, dass andere Frauen mehr Glück haben als sie selbst.«

Ich hielt die Luft an. Joline, du könntest die Lösung des Falles gefunden haben, ohne es zu wollen. Eines Tages würde ich Bluebell nach dem Geheimnis der alten Lady fragen, wenn wieder Ruhe in ihrem Leben eingekehrt war. Dann würde sie mir die richtige Antwort auf meine Fragen geben.

»Eine persönliche Erfahrung wäre eine plausible Erklärung.« Ben strich meinem Frauchen sanft über das Haar. »Wie denkst du eigentlich über Kinder?«

»Mit dem richtigen Mann – sofort.«, platzte Joline heraus. »Und du?«

»Früher hätte ich nein gesagt. Auf gar keinen Fall.«, antwortete Ben langsam und schaute ihr tief in die Augen. »Heute – wenn ich so scharf nachdenke –

mit der richtigen Frau – warum eigentlich nicht?«

Ein feines Harfenspiel durchbrach die Stille. Pflichtbewusst löste Joline sich von Ben und angelte nach ihrem Handy, das sie auf dem Tisch liegengelassen hatte. »Entschuldige, Ben, ich muss rangehen. Es könnte etwas Wichtiges sein.«

Ben runzelte die Stirn, als sie auf das Display starrte, versonnen lächelte und ins Handy flötete: »Guten Abend, Herr Dr. Weber, wie lieb von Ihnen, dass Sie mich nicht vergessen haben. Ich habe den ganzen Tag an Sie gedacht.«

Mirr! Bluebell kicherte in ihr Schmusekissen. Mir war nicht zum Lachen zumute. Angewidert verdrehte ich die Augen, während Ben scharf die Luft einzog. Ungerührt fuhr Joline fort: »Nein, Sie stören mich nicht. Momentan habe ich Besuch von einem guten Freund, aber er wird nicht mehr lange bleiben.

Darf ich Sie in fünf Minuten zurückrufen?«

»Schon verstanden. Ich wollte sowieso gerade gehen.«

Beleidigt stemmte Ben sich in die Höhe, während sie seelenruhig ihren Anruf beendete. »Erklär mir nur eins. Was will der Tierarzt von dir? Hast du mir etwas verschwiegen? Sind unsere Schmusekätzchen krank?«

»Nein, keine Spur.«, versicherte Joline treuherzig. „Es ist rein privat.«

»Aha.«, knurrte Ben, während er sie mit einem eisigen Blick musterte. »Deshalb hast du ihm deine Handynummer gegeben.«

»Nein, wir haben keine Nummern ausgetauscht. Dr. Weber hat sie aus der Praxis. Auf dem Anmeldebogen habe ich meine Festnetz- und die Handynummer eingetragen.«, wunderte sich Joline. »Ben, ich möchte mit Dr. Weber über eine schulische Veranstaltung sprechen.

Was ist mit dir los? Bist du eifersüchtig?«

»Auf einen Aufschneider? Bestimmt nicht!«

Wutschnaubend schnappte er sich die Keksdose, stapfte aus dem Wohnzimmer und ließ die Tür hinter sich ins Schloss knallen, während Joline ihm mit offenem Mund nachstarrte.

»Was für ein Abgang!« Beeindruckt sprang Bluebell vom Sofa, rannte zum Kratzbaum und schlug ihre Krallen in das Sisal. »So zornig habe ich Ben noch niemals erlebt.«

»Weil Joline einen wunden Punkt berührt hat. Ben hat sich in sie verliebt und duldet keinen Rivalen in seinem Revier.«, erwiderte ich betrübt. »Dennoch traut er sich nicht, für sie den Mond anzusingen und ihr die Pfote fürs Leben zu reichen. Harte Männer zeigen keine Gefühle.«

»Menschen sind komplizierter gestrickt als wir Katzen.«, sagte Bluebell weise. »Sie folgen nicht ihren Instinkten, sondern denken zu viel und wagen zu wenig.«

Ihren philosophischen Betrachtungen konnte ich nicht folgen. Mich interessierte nur ein einziger Punkt. »Meinst du, Ben überlegt sich die Sache und kommt zu uns zurück?«

»Wollen wir es hoffen.«, brummte Bluebell und warf einen argwöhnischen Blick auf Joline, die tief durchatmete und sich mit ihrem Handy in der Hand aufs Sofa plumpsen ließ, um die unterbrochene Unterhaltung mit unserem Tierarzt fortzusetzen. »Der Spatz in der Hand ist besser als gar kein Vogel.«

»Du sprichst in Rätseln. Was willst du mir sagen?«

Verständnislos starrte ich sie an, und Bluebell gurrte leise. »Ganz einfach, darling. Ben ist der Richtige für Nelly. Sie kann für unseren Onkel Doktor schwärmen, aber sie muss auf ihren Ruf achten und darf keine Dummheiten machen. Deshalb musst du ein wachsames Auge auf sie haben.«

»Das ist Ehrensache.«, versprach ich mit glänzenden Augen. Dr. Christopher Weber mochte noch so clever sein, an mir würde er nicht vorbeikommen. Schließlich war ich der Mann im Haus!

43. Kapitel:
❦ Wintermärchen ❦

Bis zum Heiligen Abend waren es nur noch wenige Tage. Nach der offiziellen Weihnachtsfeier in der Grundschule hatte Joline Jana und Melissa zum letzten Mädelsabend in die Villa Katzenglück eingeladen, wo sich die drei Freundinnen gegenseitig mit lustigen Wichtelgeschenken überrascht hatten. Sogar Bluebell und ich hatten niedliche Fellmäuse und hübsche

Schmusekissen bekommen, die nach Katzenminze dufteten. Leider konnte ich mich gar nicht über diese gutgemeinten Geschenke freuen. Zwischen Ben und Joline herrschte nach wie vor Funkstille, auch wenn unser Tierarzt nicht zum Angriff übergangen, sondern lieber in den Ski-Urlaub nach Ischgl gefahren war, und ich war felsenfest davon überzeugt, dass wir den Heiligen Abend ohne Ben verbringen würden.

Joline ahnte nichts von meinen Gedanken. Sie freute sich auf die bevorstehenden Weihnachtsferien, weil sie 14 Tage lang ununterbrochen mit uns zusammen sein durfte. Am späten Nachmittag hatten wir uns ins Wohnzimmer zurückgezogen, das mit einem traditionellen Adventskranz und einem kostbaren Schwibbogen aus dem Erzgebirge für das bevorstehende Fest der Liebe geschmückt war. Mein Frauchen ruhte auf dem Sofa, fest in eine weiche Kuscheldecke gewickelt, während ich auf der Rückenlehne unserer Couch thronte. Von dort aus hatte ich den perfekten

Überblick. Auf dem Marmortisch stand nicht nur eine nostalgische Etagère mit selbstgebackenen Schoko-Zimt-Plätzchen und Spritzgebäck, sondern auch eine große Schüssel mit Kartoffelchips für mein Frauchen. Leider hatte ich ihr diese schlechte Angewohnheit nicht austreiben können. Beim besten Willen konnte ich nicht nachvollziehen, was sie an diesem kalorienreichen Snack reizte. Klammheimlich hatte ich zwei Chips geklaut, angeknabbert und ausgespuckt. Mein Futter war viel besser. Unter dem Marmortisch stand ein kleines Schälchen mit meinem liebsten Knabberspaß, nämlich verschiedenen Fisch-Spezialitäten. Für unsere kulinarischen Bedürfnisse war bestens gesorgt. Wir durften unsere Naschereien nur nicht verwechseln.

Was das Fernsehprogramm betraf, waren wir geteilter Meinung. Im Fernsehen lief das Märchen >Drei Nüsse für Aschenbrödel<. Mein Frauchen hatte eine nostalgische Ader. Zärtlich hatte sie mich unter dem Kinn gekrault und mir mit bebender Stimme erzählt, dass sie diesen Film bereits als ganz kleines Mädchen geliebt habe. Dass er zur Weihnachtszeit gehöre wie Karpfen blau oder Gans mit Rotkohl und Klößen. Ich schätzte deutsche Traditionen. Fisch oder Federvieh gegenüber war ich nicht abgeneigt. Doch dieser Film … na ja. Ich gab mir redlich Mühe, der romantischen Handlung zu folgen. Über Geschmack ließ sich bekanntlich streiten. Bei der Auswahl der tierischen Darsteller waren dem Regisseur schwere Fehler unterlaufen. Was an einem Pferd schön sein sollte, blieb mir schleierhaft. Für meine Begriffe war das Tier viel zu groß. Wieso hieß es eigentlich Nikolaus? Musste dieser Weihnachtsmann nicht einen weißen Bart und einen roten Mantel tragen und bunt verpackte Geschenke für die kleinen Kinder mitbringen? Stattdessen stapfte der hässliche Gaul durch den Schnee und schnaufte wie eine altersschwache

Lokomotive vor sich hin, obwohl die Prinzessin gertenschlank war und unmöglich mehr als 50 Kilo wiegen konnte. Die prächtige Eule war schon eher nach meinem Geschmack. Als kluges Tier hatte sie sich als eine geschickte Jägerin erwiesen, die freche Mäuse zur Strecke brachte. Für diese Leistung zollte ich ihr Respekt. Warum hatte man keinen kleinen lustigen Kater in die Handlung eingebaut? Er hätte der bösen Stiefschwester in die Schuhe gepinkelt und wäre in ihren Kleiderschrank gekrochen, um das teure Abendkleid in Fetzen zu reißen. Der bösen Stiefmutter wäre er zwischen den Beinen auf der Treppe herumgewuselt, dass sie die Stufen hinabgestürzt wäre und sich ihr Genick gebrochen hätte. Mit einem einzigen genialen Einfall hätte man alle komplizierten Verwicklungen abkürzen können.

Trotz meiner Verbesserungsvorschläge war ich gnädig gestimmt. Die menschlichen Darsteller gefielen mir.

Der Prinz war lustig und sah blendend aus, ohne in Schönheit zu sterben. Die Prinzessin war so süß, ein frisches, natürliches Mädchen mit unschuldigen Augen, einem lachenden Mund und langen wirren Haaren. Irgendwie erinnerte sie mich an mein Frauchen. Joline war genauso niedlich wie Aschenbrödel. Verliebt hüpfte ich auf ihren Schoß, schnaufte ihr meine sentimentalen Gefühle ins Ohr und erntete ein abwehrendes »Iiii. Sabber mich nicht voll.«

Dann eben nicht. Beleidigt drehte ich ihr den Hintern zu, verzog mich ans Fußende und rollte mich zu einer Kugel zusammen. Dann musste sie diese herzergreifende Schnulze ohne einen zärtlichen Freund anschauen, der liebevoll über ihre Hände leckte und sich eng an sie kuschelte. Wer nicht wollte, der hatte schon.

In diesem Moment klingelte es an der Haustür. Mein Frauchen knurrte unwillig, warf ihre Decke beiseite und

332

marschierte auf Socken los. Irritiert hob ich meinen Kopf und schaute ihr voller Entsetzen nach. In diesem gewöhnungsbedürftigen Aufzug wollte sie an die Tür? Jede räudige Katze auf der Straße sah besser aus. Auch Karl Lagerfeld war nach einem vertraulichen Gespräch mit Choupette der Ansicht, dass man die Kontrolle über sein Leben verloren hatte, wenn man eine Jogginghose trug. Ich konnte diesen zwei Mode-Experten nur beipflichten. Die verwaschene Jogginghose meines Frauchens schlabberte am Hintern, und ihr ausgeblichenes Shirt hatte bessere Tage gesehen. Leider ließ Jolino sich nicht aufhalten, sondern öffnete freudestrahlend unsere Haustür, nachdem sie einen kurzen Blick durch den Türspion geworfen hatte. »Oh, wie schön, dass du uns besuchst, Ben. Wir haben uns lange nicht mehr gesehen.« »Ja, ich war dienstlich unterwegs und hatte viel Zeit, um über alles nachzudenken. Nun wollte ich mal schauen, was das Struwwelkätzchen macht.«

Unser Biker war nie um eine Ausrede verlegen, um an unserem Familienleben teilzunehmen. Interessiert spitzte ich die Ohren. Natürlich lauschte ich nicht. Schließlich war ich gut erzogen. Meine Katzenmama hatte viel Wert auf gutes Benehmen gelegt. Meine Menschen redeten einfach zu laut. Gerade hörte ich mein Frauchen glockenhell lachen: »Der Kleinen geht es gut, sie hat den Kratzbaum erobert und schläft in der Hängematte. Komm mit und schau sie dir an.«

Sehr geschickt gemacht! Ich war mit meinem Frauchen zufrieden. Natürlich hatte Ben einen Vorwand gesucht, uns einen Besuch abstatten zu können. An Bluebell, die mich von meinem Lieblingsplatz vertrieben hatte, war er garantiert nicht interessiert. Schließlich kannten wir uns viel länger und ich war viel hübscher und klüger. Hundertprozentig. Schließlich war mein schneeweißes Fell seidenglatt und weich wie eine Kuscheldecke. Meine herausragende Intelligenz hatte ich in den letzten Wochen unter Beweis gestellt, als ich meine Lebensgefährtin vor dem Tod gerettet hatte. Also konnte es keinen logischen Zweifel an meiner herausragenden Stellung in der Villa Katzenglück geben. Gut gelaunt lief ich Ben entgegen, rieb mich an seinen Beinen und begrüßte ihn mit einem kumpelhaften Schnurren.

»Hey, Belly!«

Sofort griff er in die Jackentasche seiner Lederjacke, beugte sich zu mir hinunter und reichte mir einen Knabberstick. Wohlerzogen nahm ich ihn entgegen, fraß ihn sofort auf und leckte mir über die Lippen, während Ben zielstrebig das Wohnzimmer ansteuerte und einen prüfenden Blick in die Hängematte des Kratzbaums warf, wo Bluebell selig vor sich hin schnarchte.

»Na, Blue, bist du okay? Kannst du eine kleine Stärkung vertragen?«

Sofort war Bluebell hellwach. Sie zierte sich nicht lange, sondern haschte nach dem Leckerli, das Ben ihr vor die Nase hielt. Dann verputzte sie den köstlichen Snack und schenkte Ben ein gutturales Maunzen, mit dem sie ihrem Dank Ausdruck verleihen wollte.

Ja, Ben war ein guter Kumpel, der perfekt in unsere Familie passte. Die Herzen von Bluebell und mir hatte er im Sturm erobert, nun musste er mein Frauchen davon überzeugen, dass er der Richtige war. Ob er an ein kleines Geschenk für Joline gedacht hatte? Liebe ging durch den Magen. Zumindest in unserer Familie. Joline war genauso verfressen wie ich. Ja, Ben war ein schlauer Fuchs. Er hatte eine teure Packung Pralinen dabei, die mit einer goldenen Schleife verziert war. Lässig platzierte er sie auf dem Tisch, während er sich aufs Sofa fallen ließ und mein Frauchen mit seinen dunklen glimmenden Augen verschlang. »Snowbell und Bluebell haben ihre Liebe fürs Leben gefunden. Wie steht es mit dir,

Nelly? Wie willst du das Fest der Liebe verbringen? Gibt es einen Mann auf der Welt, der dein Herz höherschlagen lässt?«

»Ja«, hauchte Joline. »Er wohnt gleich nebenan, ist ein wilder Rocker und mit seinem schweren Motorrad mitten in mein Herz gebraust.«

»Dann lass uns nicht mehr auf die Bremse treten, sondern endlich Gas geben!«

Blitzschnell griff er nach ihren Händen und zog sie zu sich aufs Sofa. Sie wehrte sich nicht, sondern schlang ihre Arme um seinen Hals und schloss ihre Augen, während er ihr Gesicht mit leidenschaftlichen Küssen bedeckte. Hach, diese Romanze war viel schöner als die zärtlichen Szenen zwischen dem Prinzen und Aschenbrödel. Mein Schnurrbart zitterte vor Erregung. Ob Ben gewisse Absichten hatte? Ernste? Unanständige? Lief endlich was zwischen meinen besten Freunden? Wollte er ihr endlich die Pfote fürs Leben anbieten?

Verschwörerisch kniff ich ihm ein Auge zu. Hau rein, Junge, mach den Sack endlich zu. Lange genug habt ihr rumgeeiert. Wir Katzen sehen das Leben viel unkomplizierter. Meinen Segen hast du. Aber eins musst du wissen: Im Bett wird es eng. Ich schlafe am Fußende, und Bluebell liegt in den Kniekehlen von Joline. Wir haben die älteren Rechte und ziehen nicht aus. Darauf kannst du einen lassen. Du musst selbst schauen, wo noch Platz für dich ist. Aber das kriegst du hin!

Nachwort:

Vielen Dank, dass Sie mein Buch gekauft und gelesen haben.
Hat Ihnen die romantische Liebeskomödie um den schneeweißen Perserkater Snowbell gefallen? Dann würde ich mich über ein Feedback freuen, entweder als Rezension auf einer Buch-Community oder als Beitrag auf Social Media.
Herzlichen Dank für Ihre Unterstützung!

Caroline Messingfeld